魔幻偵探所

50

電梯怪客

關景峰 著

新雅文化事業有限公司
www.sunya.com.hk

魔幻偵探所

人物介紹

南森

身分：魔幻偵探所創辦人、領頭羊

年齡：120歲

畢業學校：斯塔福德學院（伏魔系）

學位：博士

捉妖經驗：108年，獲得「捉妖能手」、「怪獸剋星」等稱號

性格：遇事鎮定、善於思考，生氣時聽到幾句好話氣就消了

最具殺傷力的武器：
顯形粉、捆妖繩、無影鋼鐵牆

海倫

身分：魔幻偵探所成員，南森的得力助手

年齡：13歲

畢業學校：劍橋大學（法術系）

學位：學士

性格：開朗、逢事觀察細緻，吵架時總讓着本傑明

最具殺傷力的武器：捆妖繩、凝固氣流彈

本傑明

身分：魔幻偵探所實習生

年齡：11 歲

就讀學校：牛津大學（捉妖系）

性格：聰明淘氣、遇事毛躁

最厲害的戰術：非常規戰術

派恩

身分：魔幻偵探所實習生

年齡：10 歲

就讀學校：佈教大學魔法學院
（反幽靈技術系）

性格：聰明活潑，非常好勝，有時
候喜歡誇誇其談

保羅

身分：魔幻偵探所機械狗

年齡：100 歲

工作能力：無所不知的電腦資料
庫，善於用百分比分析事物

性格：異想天開、調皮、懶惰

最喜歡的食物：潤滑油

最具殺傷力的武器：追妖導彈

捆妖繩

能夠對準魔怪迅速旋轉收縮，將它捆緊綁實，繩子一旦落到魔怪身上，就像嵌入肉裏，魔怪越掙脫綁得越緊，當然放繩子時可要放得準才行。

無影鋼鐵牆

這堵牆其實就是氣流，它把氣流變成了無影無形的鋼鐵牆壁，能將敵人困在其中，衝不出去。

顯形粉

這是一種非常神奇的粉末，即使魔怪偽裝、隱形了也完全能顯現出它的原形。對了，「顯形」就是「現出原形」的意思！

裝魔瓶

能把魔怪收進裏面，使其在三天內化成清水的神奇瓶子。即使魔怪身形再龐大，也能收進瓶內。

幽靈雷達

能夠準確測定氣流存在的方位，並及時發出警報的裝置。它能跟蹤、測定魔怪在哪裏。不過，如果魔怪的魔力非常強，幽靈雷達有時候也可能測不到，它的更強大的功能還有待你去改進！

追妖導彈

能夠自動尋找魔怪，進行智能追蹤的導彈，這種導彈威力比較大，一般魔怪根本抵抗不了。

魔幻偵探開始行動！

目錄

第一章　墜落的電梯

「桃莉絲小姐。」一個穿着制服的男子拉開了一所公寓的大門，很有禮貌地問候，「外面有點冷呀。」

「是呀，特德。」桃莉絲點了點頭，笑了笑，「最近好嗎？」

「很好，再過一段時間，我可以休年假，我們一家準備去巴哈馬。」特德一路走到電梯前，替桃莉絲按下了開門的按鍵。特德是這所公寓的值班保安員。

「謝謝。」桃莉絲很是驚喜地説，「真不錯，海風沙灘。」

桃莉絲按下十二樓的按鍵，隨後對特德點點頭。電梯門關上，電梯開始上升，不過就要到達十二樓的時候，電梯突然停住，桃莉絲差點摔倒。

電梯門沒有打開，顯示器顯示的是十一樓，但電梯門始終沒有打開，而且剛才的停下方式非常劇烈，以前從沒有這樣的事發生。

桃莉絲感到很疑惑，電梯的按鍵板上有個紅色的緊急求救按鈕，但是桃莉絲從來沒有用過。

電梯裏的燈忽然閃了幾下，隨即關閉，電梯裏一片黑暗。

「這是怎麼回事……」桃莉絲驚慌起來，她拿出手機，想要打開進行照明，並要照到那個緊急求救按鈕。

「呼」的一聲，電梯開始直線下降，桃莉絲大喊起來，她的手機掉了在地上，身體也一歪，隨即倒在地上。

電梯從十一樓直接掉落在地庫一樓，一聲巨響後，一切才結束。

桃莉絲小姐，身亡。

一天後，南森的老爺車停在倫敦曼琪公寓旁的道路上，南森帶着小助手們，就在電梯事故現場。桃莉絲死亡後，不正常的流血量引起了警方的注意，警方懷疑是魔怪作案，因此請南森他們來勘驗現場。

桃莉絲的屍體早就被運走，電梯間裏只有她倒地的輪廓線，以及一些血跡斑點。

「……剛才你們在醫院也看到死者了，身體多處骨折，內臟受損，這樣因為電梯墜落身亡的情況我們警方的法醫有歷史記錄。」麥克警長跟在南森他們身邊，「傷者墜樓到被抬上救護車有二十分鐘時間，這期間傷者會大量流血，身體上、電梯裏會滿是血跡，但是你看看這個現場，只有一點血跡，死者衣服上也只有很少的血跡，這情

況也太反常了。」

南森點着頭，看着死者桃莉絲倒地的輪廓線，保羅在四處探測着，海倫、本傑明和派恩則在大樓的地庫一樓用幽靈雷達搜索着。

「你是説，吸血鬼作案，吸走了死者流出來的血？」南森看看麥克。

「是這樣的，我們警方懷疑是吸血鬼作案，所以第一時間把你請來。」麥克説道，「吸血鬼製造了這次電梯事故，然後吸食受害者的鮮血。」

「很奇怪呀，我們在死者身體上並沒有找到吸血鬼的牙印。」南森皺着眉，「法醫報告我也看了，根據傷勢，死者會有百分之十左右的血流出身體，吸血鬼把死者留在外面的血跡吸光，這個好理解，但是哪有這麼有節制的吸血鬼呀？死者大部分的血還在身體裏，吸血鬼會利用尖牙咬穿死者的頸動脈吸血的。電梯出事後，機廂十五分鐘才被打開，吸血鬼半分鐘就能把血吸光，它有足夠的時間吸血。」

麥克警長點着頭，南森又看了看電梯四周。

「還有一點，吸血鬼殺人，直接殺害受害者即可，但是為什麼要製造事故呢？」南森疑惑地説，「這點也要注意。」

「現在看,能否斷定是吸血鬼作案呢?」麥克問道。

「老伙計,有什麼發現?」南森看看保羅,問道。

「沒有發現魔怪痕跡。」保羅晃了晃頭,「剛才對屍體的檢測也沒有發現魔怪痕跡。」

「問題很複雜。」南森輕輕地點點頭,他又看看麥克,「電梯本身沒問題吧?」

「一切都正常,電梯公司的人在事發後檢測過,機械構造、電子線路都沒有問題,這是一部定期維修、品質很好的電梯,不知道怎麼會掉落下來。」麥克很是憂鬱地說,「只不過由於墜落樓層太高,電梯井最底部的緩衝裝置沒有起太大作用。」

「其實,目前看,這一點才是最關鍵的。」南森看了看電梯按鍵板,「如果電梯真是有問題,也許真的是事故;不過電梯看來根本就沒有問題,但是電梯卻掉了下來。無論是人類作案還是魔怪作案,我可以判定,這就是一宗案件而不是普通的事故。」

「那一定是罪犯,無論是人還是魔怪。」麥克很是嚴肅地說,語氣充滿了贊同。

南森和麥克出了機廂,目前機廂仍保持着事故後的狀態,在公寓大樓地庫一樓的電梯井最底層,那裏有個維修人員通道,但是進出不方便。

　　來到地庫一樓的公眾空間，南森他們正好遇到海倫，海倫拿着幽靈雷達，在對地庫一樓進行探測。

　　「地庫一樓有一個洗衣房，還有一個健身房，兩個儲物間和一個舊物回收房，我們分別進行了探測。我負責的區域都探測完了，沒有發現魔怪痕跡。」

　　「不僅僅是地庫一樓，整個大樓都要探測一下。」南森說，「要確保沒有任何魔怪痕跡，儘管目前這是不是一宗魔怪案件還沒有定論。」

　　正說着，本傑明和派恩走了過來，本傑明的身上蹭了一身的灰，一邊走一邊拍。

　　「本傑明，你摔倒了嗎？」海倫關切地問道。

　　「沒有。」本傑明搖搖頭，「舊物回收房，是大樓住戶丟棄舊家具、舊電器的地方，我鑽到一個大櫃子後去探測，蹭了一身的灰。」

　　「博士，健身房我已經搜索過了，沒有什麼發現。」派恩說着躲開了拍灰的本傑明。

　　「好，現在你們三個，去把十二樓的樓層都探測一遍。」南森指了指上面，「不要進入住戶家中了，你們的幽靈雷達信號以近距離穿透牆壁沒有問題。」

　　三個小助手答應一聲，轉身走了。

　　「那個保安員，叫特德的，在吧？」南森問麥克。

「在保安員監控室等着你呢。」麥克回答説，「他是最後一個見到受害者的人。」

幾分鐘後，南森和麥克來到了大樓的保安員監控室。特德有些緊張地坐在那裏，看到南森進來，連忙站了起來。

「特德先生嗎？我是魔幻偵探所的南森，我知道你已經和警方描述過了事發過程，但是你還要和我説一下，因為這個案子似乎很不一般。」南森請特德坐下，隨後拉了一把椅子，坐在特德對面。

「桃莉絲小姐是個好人，我現在都不能相信她已經不在了。」特德略有激動地説，他的手似乎有些發顫，顯然還處於一種驚恐之中，「她經常拿一些自己做的小點心給我們吃，她對人很是熱情。」

「我知道，一個好人，那麼就從前天晚上説起吧，她是七點鐘回來的吧？」南森説，他掏出了一個小本子。

「七點鐘，桃莉絲小姐在一家銀行上班，回家一般都是這個時間，她一個人住，我們就像她的親人一樣。」特德看上去不願意回憶這件事，但是為了破案，他還低着頭，努力讓自己平靜一些，「我們説了幾句話，她就進了電梯，我去了值班台，剛坐下，就聽見一聲巨響，我差點被震得飛起來，然後一號電梯井裏就傳來電梯的警報聲，

15

我心想出事了，先給警察打了電話。老實說我那時候不知道電梯裏是桃莉絲小姐，我想裏面可能沒有人。後來警察來了，消防局的人也來了，他們砸開了電梯機廂，把桃莉絲小姐拉了出來，她已經死了，是當場身亡的，我差點暈過去，我現在都感到胸悶。」

「電梯門是你打開的？桃莉絲小姐進去的時候，你有沒有發現什麼異常？」南森問。

「沒有呀，要是發現異常，我就把她叫出來了。我是值班保安員，我的職責之一就是保護業主的安全。」特德明顯激動起來。

「明白，我明白。」南森認真地看着特德，「桃莉絲小姐是個好人。是的，我們調查過了，她是一家銀行的經理，為人不錯，絕對沒有什麼仇家……這間公寓大樓建成二十年了，你對住戶應該很了解，有沒有什麼奇怪的住戶？」

「沒有。」特德搖了搖頭，「我們這所大樓，住戶不算很多，大家都很好，沒有什麼奇怪的人，我知道你是一個魔法偵探，你是覺得我們大樓裏有個隱藏起來的魔怪嗎？」

面對特德的反問，南森很是無奈，但特德這樣提問也合乎情理。

「那麼大樓呢？這座大樓有沒有什麼奇怪的事情發生？」南森沒有回答特德的問題，而是換了一個問題。

「沒有吧……我是從來沒有感覺到，大樓還有其它保安員，清潔員，還有我們的經理，不知道他們有沒有發現什麼，不過我們經常在一起，要是有什麼奇怪的地方，會互相說的。」特德比畫着說。

「噢，這個我知道，我是想了解大樓，或者周邊有沒有怪事發生。」南森似乎是隨口一說。

「上周，五天前……」特德一副欲言又止的樣子，「大樓後門出了一宗車禍算不算怪事？」

「車禍嗎？」

「有輛運貨車在這裏發生了翻側事故。」麥克插話說。

「是的。」特德指着後門方向，「後門面對的克萊因街，我們的大樓正好在十字路口邊，有輛運貨車，其實這輛車就是來我們這裏收舊家具的，你知道大樓裏很多住戶扔掉的家具，其實很有價值的，屬於古董家具，我們經理說有的還是維多利亞風格，所以古董公司會定期來收走這些被扔掉的家具。他們會付一定的費用，這些錢我們會用在大樓的公用基金裏……前些天下雪，地面滑，運貨車轉過來的時候速度有點快，翻車了，一些在別處收的舊家具

什麼的摔出來了，不過司機沒什麼事，有點擦傷。」

「這麼說是一宗普通的交通事故了。」南森問道。

「是的，交通警來了，拖車也來了。」特德點點頭，「一宗交通事故，不知道算不算怪事。」

「我知道了，下雪天開車的確要注意。」南森有些提醒地說，「特別的靈異事件，沒有吧？」

「完全沒有，我們這裏一直很安靜。」特德的語氣很堅定。

「那麼，特德先生，謝謝你。」南森說着站了起來，忽然，他看了看監視台，上面有幾台監控螢幕，顯示着大樓不同的公共區域，「對了，事發前後的錄影你們都看過吧？沒有問題吧？」

「沒有任何問題，我們看了幾遍，絕對沒有外人進入大樓。」特德的語氣還是那麼堅定。

第二章　伸進電梯的手

南森和麥克帶着保羅來到了大樓的一樓，沒多久，海倫他們全都下來了。很顯然，他們無精打采的表情説明搜索沒有任何結果。

「這個案子可沒有終結，電梯不可能無緣無故地出現故障造成墜落。我們先回去，把案件梳理一下，可如果我們全都離開，我想是不對的。」南森看着幾個小助手，説道，「警方都懷疑是吸血鬼作案了，沒有找到直接證據可能是我們接手時間太短，或者魔怪隱蔽很深，但是不能因此就否定這是魔怪案件。」

「博士，你的意思是我們要在這裏留守，以防不測，對吧？」派恩很是機靈地問。

「是這個意思。」南森看看派恩，「這樣一座大樓，都是沒有任何抵抗能力的住戶，要是有個魔怪⋯⋯」

「博士，我留下來，你們回去整理案件。」派恩一副積極的態度，「對付一個魔怪，我是説真的有魔怪的話，我完全沒有問題。」

博士看看派恩，想了想。

19

「明天這個時間，海倫來接替你。」南森説道，「他們這裏有值班休息室，你可以住到那裏去……但願我們儘早找到線索，你們也就不用在這裏值班了。」

「沒關係的，博士，我願意在這裏值班，這樣可以離本傑明遠一點，清靜一些。」派恩語速飛快地説。

「我還沒嫌棄你呢。」本傑明不滿地看看派恩。

派恩帶着一台幽靈雷達留了在曼琪公寓裏，特德帶他去了值班休息室。派恩才不願在房間裏待着呢，沒幾分鐘，他就跑到樓下的健身房，那裏有一張桌球枱，派恩自己和自己在那裏進行桌球比賽。

麥克警長也回了警察局。南森他們回到了偵探所裏，立即展開了工作，他們在汽車裏就簡單整理了一下案情經過。案件看起來並不複雜，電梯墜落，造成一名乘客死亡。疑點在於電梯本身沒有任何故障，而死者由於撞擊造成的外出血則莫名地消失了。

「海倫，你開始搜索曼琪公寓周邊有沒有什麼墓地，或者是無人居住的古老建築。」回到偵探所不久，南森就開始了布置，「本傑明，你要辛苦一下，你去一下肯辛頓公園，那裏有大鼠仙，他們的消息最靈通，你去問問他們最近有沒有什麼魔怪在倫敦活動。」

「他們是在公園北面那片樹林深處，對吧？」本傑明

20

確認地問。

「沒錯，用透視眼看穿地面，找到他們的洞穴，然後呼喚他們。」南森說，忽然他像是想起了什麼，「噢，要是他們和你來個惡作劇，突然跳到你後背上，或是把你變小後往洞裏拖，千萬不要和他們計較，這些大鼠仙就是這樣。」

「是，博士。」本傑明立即回答。

「我和老伙計要一起查一下，有沒有那種電梯故障事後突然自動恢復的情況，估計沒有，但要查一下。」南森像是自言自語地說。

大家都行動起來，本傑明去了肯辛頓公園，肯辛頓公園距離案發的曼琪大樓不遠，本傑明還想順便去看看派恩的值班是否盡心，但是一想到去了以後不可避免的爭執，還是算了。

本傑明是傍晚

的時候回到偵探所的，他一無所獲，他見到了大鼠仙，而且是好幾個，但是大鼠仙說最近倫敦平靜得很，他們從沒有見過或者聽說過魔怪出沒，只有狐狸出沒，幾隻狐狸還想攻擊大鼠仙，被他們狠狠教訓，以至於狐狸們都繞着肯辛頓公園走。

本傑明把探聽來的消息告訴了南森，南森早就有心理準備。倫敦可是有着最大的魔法師聯合會的地方，以往的魔怪早就被掃蕩乾淨，偶爾出現的也是過路居多。

海倫在曼琪公寓附近沒有找到什麼墓地，也沒有無人居住的老舊古屋。那附近的確有老舊的古建築，而且還不少，但都是有人居住的，也沒有聽說那裏有什麼奇怪的事發生。

南森這邊，已經給幾個他認識的機械電子專家打過電話，電梯出現機電故障隨後自動恢復正常這種情況，那些專家也沒有聽說過，這些南森也早就有了預想，但是他必須問清楚。

「不知道派恩那裏怎麼樣了，給他打個電話。」海倫聽完本傑明說的大鼠仙的情況，拿出了電話，「他那裏可別再出什麼事。」

很快，派恩接聽了電話，電話那邊，他有些無精打采的。

23

「……還不如在偵探所裏呢，和本傑明吵幾句也無所謂，這裏可真沒意思呀，沒有電腦，只能玩手機上的遊戲。」派恩的聲音從電話那邊傳來，「噢，特德回家了，今晚值班的是一個叫托尼克的保安員，是一個快六十歲的老頭，無聊極了，問他三句話就回答一句，還讓我老實待在房間裏，我才不聽他的啊。」

「派恩，你可要和值班保安員配合好。」海倫規勸地說，「你這裏都好吧，有什麼情況嗎？」

「好，很好，能有什麼事呢？」派恩滿不在乎地說，「有我天下第一超級無敵魔幻小神探在這裏，什麼事對付不了呀……明天你們快來，把我換回去。」

「晚上了，你要特別注意安全，有什麼動靜，要馬上去看，還要通報給我們。」海倫略有不放心地叮囑道。

「放心，放心，我耳朵很靈，我還有幽靈雷達呢，咦？我的雷達呢……」派恩邊說邊在找什麼，「噢，在這裏呢，今天特德玩過，他也不懂，被我教訓了幾句，這麼高級的儀器，弄壞了他賠不起……」

「好了，你好好值班。」海倫說道，「明天我或者本傑明去換你，應該是我，本傑明明天可能還要去城外的森林找小精靈了解情況，他今天已經去找過大鼠仙了。」

「有沒有讓大鼠仙揍他一頓？」派恩嘲弄地說。

「不和你開玩笑了，再見。」海倫說着掛上電話。

派恩也收起電話，隨後把幽靈雷達扔在一邊，半躺在休息室裏的沙發上玩遊戲。

托尼克是下午五點半接特德的班的，大樓的保安員有三名，基本都是輪流值班的。

愛琳小姐七點回到了曼琪公寓，她住在七樓，托尼克給她開了門。

「一號電梯還是不能用嗎？」愛琳小姐問道，她看見一號電梯門前拉了警戒線。

「是的，只有二號電梯，上下班高峯的時候確實緊張些，但現在還好。」托尼克說着走向電梯，去按開門鍵。

「托尼克，據說我們這裏有個魔怪害人，你說是真的嗎？」愛琳邊說邊走向電梯，「好幾家人都躲掉了，我看我也應該躲出去幾天了。」

「正在調查呢，我覺得就是一次事故。」托尼克一點也不緊張，「噢，你放心，電梯公司的人仔細檢查過二號電梯，完全沒有問題。」

「那就好，再見。」愛琳說道，電梯門慢慢關上。

愛琳按下了七樓的按鍵，電梯隨即開始上升，不過電梯升到六樓，忽然停下了。愛琳想可能有人要進去，可是電梯門開了以後，沒有人進來，愛琳向外伸頭看了看，電

梯外沒有一個人。

愛琳搖搖頭，很是無奈，也許那人改變主意，走開了。愛琳按下關門鍵，電梯門隨即關閉，但是，關閉後的電梯，並沒有上升。

不安湧上了愛琳的心頭，一號電梯可是出了事故的，愛琳立即就聯想到這一點。她上前一步，猛地按下了七樓的按鍵，還連按好幾下。

電梯仍然沒有上升，愛琳看到了紅色的緊急求救按鈕，只要按下去，就能和樓下的托尼克取得聯繫，她將會得到救援。不過她遲疑了一下，她想是否按下開門鍵，先離開這裏再說。

正在愛琳遲疑的時候，電梯門自己打開了，愛琳嚇了一跳，不過門打開之後，並沒有人走進來。

愛琳一驚，她的心跳開始加速了，她不知道到底發生了什麼事。這時，電梯門又開始自己慢慢關閉，愛琳一時間有些手足無措了，她是第一次遇到這樣的情況。

慢慢關閉的電梯門，就在即將閉合的一瞬間，一隻乾枯的手伸了進來。

「啊——啊——」愛琳當即驚得大叫起來。

那隻手用力撐開電梯門，一個人影飛快地走進了電梯，他的身體還微微抖動着，他的眼窩深陷，穿着一身白

色的罩袍，他一步步地靠近愛琳。

「啊——啊——」愛琳叫着，退到了電梯的角落。

進入電梯的襲擊者把愛琳逼到角落後，猛地伸出手，抓向了愛琳的脖子。

樓下，派恩正在聚精會神地在手機上打魔怪，他忽然聽到極輕微的驚叫聲傳來，他畢竟是個魔法師，耳朵極其靈敏。

派恩把手機扔在沙發上，衝出了房門，他來到一樓大廳，看到了托尼克。

「有什麼人在驚叫？」派恩急切地問道。

「沒有呀……」托尼克很疑惑地看着派恩，他下意識地望向電梯，只見電梯上顯示樓層的電子數位出現亂碼，並一閃一閃的。

「出事了——」

派恩大喊一聲，隨即用力扒開二號電梯門，電梯井裏，一片黑壓壓，有驚叫聲從上面微微傳來，這次就連托尼克也聽到了。

「有魔怪。」派恩判斷魔怪在作案，他指着門口那裏的前台喊道，「快給南森博士打電話，號碼在枱子上——」

派恩抬頭看了看電梯井的上方，他唸了一句魔法口

27

訣，縱身一躍跳進電梯井，他騰空而起，沿着直直的電梯井快速上升，很快他就摸到了電梯機廂的底部。

呼叫聲還在，派恩用手扒住機廂底部的一根橫條，唸了一句穿牆術口訣，他的身體一下就衝進電梯裏。

電梯裏，襲擊者的手緊緊地卡住了愛琳的脖子，它非常用力，愛琳已經喊不出來，但是用腳猛踢那個襲擊者，身體也極力地掙脫着。

派恩正好出現在襲擊者的身後，他一拳就砸了過去，當即打在襲擊者的頭上。襲擊者一點沒有防備，被派恩一拳就打得撞到了機廂壁上，手也鬆開了愛琳。

襲擊者靠在機廂壁上，他看到了派恩後瞪着他，愛琳此時已經癱倒在地上，血從脖子上流了下來。

電梯的門，來回開關着，不過距離在半米範圍內，每次相距三十厘米就彈開，隨後又開始關閉，如此往復，速度有些快。襲擊者雙手猛地向派恩推出，派恩一閃，襲擊者「嗖」地就鑽出了電梯門。

派恩連忙追上去，不過他正好撞上在關閉的電梯門，身體被彈了回來，差點被撞暈。派恩看了看愛琳，她捂着傷口，看上去情況並不是很糟糕。派恩用力拉開電梯門，衝出後向外看了看，襲擊者早就不見了蹤影。

第三章 分析

派恩轉身回到電梯，他掏出一個隨身帶着的小瓶子，瓶子裏面是急救水。派恩給愛琳喝了急救水，很快，愛琳的臉色不再那麼慘白，但是她仍然激動地顫抖着。

「你怎麼樣？不要怕，我是魔法師。」派恩大聲地安慰說。

「我……我……有個人……啊，可能是鬼，要殺我……」愛琳的雙眼看着電梯門，哆嗦着說。

「我在這裏，我是魔法師，你安全了。」派恩繼續說道。

正在這時，電梯探出一個腦袋，愛琳頓時大叫起來。

派恩一轉身，看到電梯門口站着一個穿着睡衣的老者，這明顯不是魔怪。

「發生了什麼？」老者有些驚慌地問，「我住在601室，我已經休息了，聽到有人叫喊……到底怎麼了？」

「啊，沒事，沒事。」派恩擺擺手，「有點小問題，正在解決，她沒事，她還好……」

「愛琳小姐，我是米爾森，你還好吧？」老者關切地

問道，看來他認識愛琳。

愛琳不說話，還是在那裏發抖。

「怎麼了——怎麼了——」托尼克揮舞着一根電警棍，急匆匆地跑了過來。

「給南森博士打電話了吧？」派恩看了看托尼克。

「打了，他說馬上就來。」托尼克看着愛琳，「愛琳小姐，你怎麼了？發生了什麼事情？」

愛琳被送上了和南森他們先後趕到的救護車，不一會，麥克警長帶着幾個警員也趕了過來。

派恩站在南森面前，低着頭，一副很無奈的樣子，南森則拿着派恩的幽靈雷達。

「為什麼是關機狀態，叫你在這裏監控魔怪，你把幽靈雷達關機了。」本傑明在一邊教訓着派恩。

「不是我……」派恩扭了扭脖子，「是特德，他沒見過幽靈雷達，拿在手上擺弄了一會，我不知道他按了關機鍵，拿過來的時候……我不小心，沒仔細看，幽靈雷達其實始終是關機狀態。」

「所以魔怪出現後，你根本就不知道。」海倫惋惜又懊惱地說。

「就不該讓他來，擺一個稻草人在那裏都比他管用。」本傑明在一邊嘲諷地說。

　　「我……」派恩瞪着本傑明，剛想發作，但是覺得自己的確理虧，聲音立即小了，「沒注意呀，又不是我關機的……」

　　「派恩做的確實不對……現在我們要集中精力處理這個案子。」南森説着看了看派恩，「你確定是吸血鬼嗎？」

　　「沒錯，雖然兩顆尖牙沒有長出來，但是外貌就是吸血鬼的樣子，學校的教授説過有些吸血鬼並未完全成形，或者説未演化成為吸血鬼的時候，獠牙並不會長出來。」派恩連忙説，「它眼睛凹進去，耳朵有點尖，還有乾枯的身體，不是吸血鬼就是正在演化中的吸血鬼。」

　　「大樓住戶需要疏散，我們要進駐這裏。」南森説着

看了看大門口的麥克警長，麥克正在和托尼克說着什麼，「我去溝通一下，疏散需要警方來進行。」

曼琪公寓一共有五十戶住戶，因為明確發現了吸血鬼，所以這些住戶都要疏散，有條件的可以先借住在親朋家，沒有條件的警方安排去了賓館。這樣住戶們才能有安全保障，南森他們也能專注地在這裏進行偵查。但是，仍有五戶人家堅決不肯疏散出去，其中包括了六樓的老者米爾森，他說自己家有大蒜，還有銀餐刀，所以不怕吸血鬼。沒有辦法，南森只能讓他們留在大樓裏。

「一般來說，吸血鬼只能被主人邀請才能進入主人家。」南森逐層巡視着公寓，邊走邊說，「所以我只能提醒他們不要給不認識的人開門，也不要帶任何人進到自己家裏。還有，就是不要乘坐電梯，還好不肯走的人只有那個米爾森住在六樓，其他都住在六樓以下。」

「這些人膽子也太大了。」本傑明邊走邊抱怨，「三樓有個先生說自己練過泰拳，不怕吸血鬼。」

「加強巡邏吧，吸血鬼兩次出現在這個大樓，事情很複雜，我們先把整個大樓搜索一遍，先確保安全再說。」南森說着扭頭看看海倫，「海倫，樓頂上也要安放一台幽靈雷達。」

「明白，一會就去，這樣我們能確保第一時間發現吸

血鬼。」海倫說。

　　他們從地下搜索到了頂樓，又一路搜索下來，最後去了地庫一樓，沒有任何發現。

　　地庫一樓的健身房，在警方走後，成了南森他們的辦公室。南森他們現在已經全權接收了案件，也接管了這座公寓。

　　南森看了看時間，已經將近午夜十二點了，但是這種情況下，大家哪有去休息的心思，小助手們圍着南森，南森要分析案情，並對下一步行動做出決定。

　　「我也開着魔怪預警系統了，我可不會隨意關機。」保羅說道，聽到這話，派恩有些羞愧，「大家有什麼想法就說出來，一起討論，吸血鬼要是再出現，我能馬上告訴你們。」

　　「我覺得魔怪可能被嚇跑了，它可能不會來了，因為它被派恩打了一拳，逃走了。」本傑明首先說道，「它可能知道遇到了魔法師，不敢再輕易來了。」

　　「我臉上也沒寫着『魔法師』幾個字，我用穿牆術進入電梯機廂裏是出現在吸血鬼身後的，它也沒看見我用穿牆術。」派恩很是不滿地說。

　　「關於這個，我們一會再說，而且一定要說。現在我們先簡單回溯兩宗案件的經過，看看有沒有特別的地方值

得關注的。」南森坐在健身房前台後的座椅上，說道。

小助手們立即都不說話了，專注地看着南森。

「第一宗案件，看起來是電梯事故，有疑點，我們還沒有充分展開調查，而第二宗案件已經能準確推斷第一宗案件的性質了，兩宗都是同一個吸血鬼所為。這個吸血鬼妄圖把第一宗案件偽裝成事故，第二宗案件如果不是派恩的出現，它在害死受害者後，應該會繼續偽裝現場，但是一切都因為派恩的出現打亂它的計劃了。」南森的語速不快，慢慢分析地說。

派恩居然出現了一絲絲得意的表情。

「第二宗案件，吸血鬼會偽造什麼現場？我想應該還是電梯墜落，可是從派恩在受害者送院之前的詢問看，吸血鬼這次似乎沒有成功地讓電梯墜落，最後直接進入電梯作案。」南森繼續說道，「不過受害者不能確定襲擊它的是個魔怪，只是派恩才看清楚那是個吸血鬼。」

「我也這麼認為。」海倫連連點頭，「可是博士，這個吸血鬼的攻擊力似乎也不大，吸血鬼要是攻擊人類，應能輕易殺死人類，但是它居然和受害者扭打了起來。」

「的確是這樣。所以我想吸血鬼製造電梯墜落，不僅僅是偽造現場，還有一個原因就是自身攻擊力很差，要讓受害者先因為電梯墜落死去，然後再吸血。現在看第一宗

案件現場血量少的原因，就是它把血吸走了。」南森若有所思地説。

「我一拳就把它打得撞在機廂壁上，它也沒什麼還擊，看來攻擊力是不強。」派恩回憶地説。

「尖牙沒長出來，是個未成熟、正在演化過程中的吸血鬼，這也是它攻擊力不強的原因吧。」本傑明總結説。

「很有可能。」南森點點頭，「那麼，我們現在有了一個比較準確的結論，就是有一個攻擊力不強的吸血鬼，正在利用電梯事故害人，第一宗成功，第二宗被阻止了。不過現在有兩個很現實的問題，就是這個吸血鬼在哪裏？是藏在城市裏，還是郊區？第二，它還會不會來？」

「可能是個路過的吸血鬼，倫敦市裏自有的魔怪早被剷除乾淨了。」派恩搶着説。

「我來回答第二個問題。」保羅忽然説道，「根據我掌握的資訊，那種沒有最終成形，尚在演化過程中的吸血鬼活動能力都極其有限，特別害怕陽光直射，所以剛才它被派恩嚇得跑掉，也不會跑很遠，這種吸血鬼移動起來，一次最多跑一公里多就要休息補足氣力，這距離剛好在我的搜索範圍外，而且移動一公里多後還要長時間休息，要是白天有太陽，它都不敢跑出這幢大樓。」

「很好，老伙計的推斷很有道理。吸血鬼不會跑很

遠，關鍵是，它這麼頻繁地作案，原因是什麼？它不怕被魔法師發現嗎？」南森邊説，環視着幾個小助手。

現場出現片刻的沉默，不過海倫隨後舉了舉手。

「越是演變中的吸血鬼，越是渴望變成一個真正的、魔力強大的吸血鬼，這樣就會對人類血液極端地渴求。」海倫説，「所以會頻繁作案，連續作案。」

「完全正確。」南森滿意地説,「所以,我們還有機會……剛才派恩説了,他穿牆進入機廂,出現在吸血鬼身後,所以吸血鬼不能確定遇到的是魔法師,也許是一個鄰居孩子發現情況進入電梯救援,只不過這個孩子力道比較大。它只能推測,因為它只挨了派恩一拳,如果再打下去,它才能判斷出遇到的是魔法師。」

「博士,它為什麼被派恩打了一下就跑了呢?」本傑明問道,「是因為它攻擊力不夠嗎?」

「應該是這個原因。它還沒能殺死受害者,又來了一個敢於出拳打它的人,它怕更多的人趕來,所以只能選擇逃跑。」南森説。

「明白了,畢竟是個演化中的吸血鬼。」本傑明點點頭。

「所以,綜合以上所述,根據吸血鬼的貪婪本性,尤其是這樣一個演化中的吸血鬼,更加貪婪,又感覺沒受到魔法師的威脅,所以它再次出來作案的可能性還是很大的。」

「博士,你是説我們布置好後等着它出來?」本傑明連忙問道。

「沒錯。我判斷它還是會繼續作案,這就是我們的機會。」南森説着指了指頭頂上,「剛好公寓中,還是有

38

五戶人家不肯搬走，如果魔怪跑到外面不遠的地方，就能觀察到公寓中還是有人居住並進出的。吸血鬼不受邀請不能進入人家，所以電梯或者樓梯，就是它再次作案的地點。」

「博士，我覺得你說得對，但有一點，為什麼它只盯着這個公寓作案呢？我看見附近也有一些公寓。」海倫非常認真地問。

「這一點……我也有疑惑的地方，既然它能跑出去一公里多，我擔心它會跑到別的公寓去作案，只不過重點還是在這裏。」南森一副憂心忡忡的樣子，「我其實有一種感覺，這個吸血鬼可能有什麼特別的手段，它就在大樓附近，而我們並沒有檢測出來。」

「啊，這麼厲害？幽靈雷達都檢測不出來嗎？」本傑明有些吃驚地問。

「僅僅是在藏身這方面比較厲害，至於攻擊力，剛才派恩都過招了，吸血鬼完全不行。」南森平靜地説。

「噢，還好，明白了。」本傑明長出一口氣。

「附近那些公寓，我會叫麥克警長找人去逐一通知，提防吸血鬼出現，我把電話號碼直接留給那些公寓的保安員，有情況立即給我打電話。」南森看看大家，「現在的關鍵還是在我們這裏，如果我們製造出這所公寓僅僅被嚇

走一部分住戶，還有住戶住在公寓裏的景象，那麼我想，不出兩天，吸血鬼會再次出現。」

　　「那下一步我們就要隱蔽起來等着它了。」海倫有些激動地説。

　　「不僅僅是隱蔽，還要製造一些景象給它看。」南森説着，眼睛看了看健身房裏面。

第四章　目標出現

第二天，曼琪公寓恢復了以往的狀態，儘管進出的住戶人數明顯減少，但還是不時有人進出大門，這裏面有真正的住戶，也有幾個是倫敦魔法師聯合會的魔法師，他們是南森請來的。

公寓的兩部電梯——一號、二號電梯開始了正常的運行，本來兩部電梯就沒有損壞。保安員特德繼續面帶微笑在那裏迎來送往大樓的住戶。

南森和海倫、本傑明以及保羅一直在健身房裏，這裏現在是他們的辦公室。跑步機上慢跑的南森看上去像是一個下來運動的住戶。海倫和本傑明也不時地去做些運動，這也算是大樓恢復正常的一個表現。儘管健身房的大門一直是關着的，但是誰知道那個吸血鬼會不會用什麼辦法偷看裏面的情況呢。

只有派恩很是無奈，有一種被束縛起來的感覺。他現在只能一直待在值班休息室裏，因為他和吸血鬼見過面了，如果他還在外面跑來跑去，吸血鬼可能因為害怕不敢來了，吸血鬼會感到這個敢於攻擊它的孩子很厲害。

　　白天的時候，大家還都是比較放輕鬆的，吸血鬼白天作案的可能性極低，現在是冬天，六點的時候天就完全黑了，天黑之後，吸血鬼就會出來作案，而且前兩宗案件的案發時間都是七點多。

　　天黑後，保羅就跳到了健身房的一張桌子上，開始一遍一遍地搜索魔怪信號。本傑明和海倫也都緊張起來，他倆坐在健身房前台旁，南森則不時地看着手錶。

　　七點多，南森讓幾個魔法師——通知沒有撤離的那五家住戶，不要外出。魔法師們就駐守在那幾家住戶的樓層。

　　海倫和本傑明出了健身房，來到電梯前，海倫在一號電梯，本傑明在二號電梯，兩人分別進了電梯，隨後各自按下了十二樓頂樓的按鍵，電梯門關上，兩部電梯開始運行，兩人就這樣開始乘上乘下，希望吸引到吸血鬼出現。

　　「派恩，你做好準備，控制住一樓的門口。」南森撥通了無線對講機，呼叫派恩，「如果吸血鬼穿牆落在外面，你要立即控制住他，我們隨後會趕到。」

　　「明白，博士。」派恩説道，「目前我這裏一切都好，幽靈雷達運行正常……沒有關機。」

　　海倫在上下往復的電梯裏乘坐了半個小時，都感到有些累了，但是吸血鬼還是沒有出現，另外一部電梯裏的本

傑明也是。又過了半小時，海倫和本傑明出了電梯，兩名魔法師替補進去，假扮乘坐電梯的住戶。

海倫和本傑明回到了健身房裏，一進去就看到保羅，保羅很是無奈地晃了晃頭，表示沒什麼發現。

「是不是嚇着它，不敢出來了。」本傑明向站在門口的南森走過去，問道。

「有這種可能。」南森點點頭，「不過，我們魔法偵探需要的是……足夠的耐心。」

「博士，我有耐心，過一會我再去乘電梯。」海倫説着看看本傑明，「哪有一次就把吸血鬼給引出來的？」

「我知道，我知道。」本傑明有些不耐煩地擺擺手，「我又沒説不去，我就是擔心吸血鬼不來了……」

吸血鬼這個晚上的確沒來，海倫他們和幾個魔法師交替着換班，一直到了晚上十一時多，吸血鬼也沒有出現。南森叫停了誘捕行動，再這樣下去，就是午夜了，而午夜時分乘坐電梯的人是極少的，吸血鬼即使作案，也不會選擇這個時段。

「我覺得吸血鬼被嚇到了，要緩一下，沒那麼快再次出來作案。」第二天一早，本傑明分析地説。

南森他們晚上就住在健身房裏，直到抓到吸血鬼為止，他們也不知道要在這裏住多長時間。

「我非常同意你的看法。」派恩早早地就從值班休息室來到健身房裏,他走到本傑明身邊,「我那一拳嚇壞了它,把它嚇得都抗拒急於吸血的本能了。我這麼厲害,我都佩服自己。」

「算我沒說。」本傑明立即走開,距離派恩遠一些。

白天的時候,幾個請來的魔法師繼續像昨天那樣進出公寓,晚上天黑之後,海倫他們也像昨天一樣緊張起來。

又是七點多,海倫和本傑明一起走出了健身房,來到電梯之前,他們要經過舊物回收房,本傑明徑直走了過去,海倫卻停下了。

「怎麼了?」本傑明轉頭看看一臉警惕的海倫。

「你聽到聲音嗎?」海倫小聲地問道,手指着舊物回收房,「好像有『嘩』的一聲,聲音不大。」

「我沒聽到,你太緊張了吧?」本傑明說着走過去,用手裏的雷達對着裏面照射了一下,什麼都沒有發現,「一切正常,我們快走吧。別緊張,千萬不要緊張,雖然我也有點緊張。」

兩人分別站在一號和二號電梯門前,按下了按鍵,隨後互相看了看,點點頭。兩人的手裏,都提着一個袋子,袋子裏是幽靈雷達。

這種守株待兔的戰術，
可以把魔怪引出來嗎？

電梯門開了，兩人先後進了各自電梯，隨後都按下十二樓的按鍵，跟昨天一樣，開始上下往復，等待吸血鬼的到來。

南森和保羅在健身房裏，耐心地等候着。派恩在值班休息室，很是不安地等待着。

一切似乎都很平靜，公寓的大門口，值班的特德站在大門旁，他知道魔法偵探們的行動，他非常期盼魔法偵探們早點抓到那個魔怪，他此刻也有些恐懼，但是努力地裝作若無其事。

海倫乘坐電梯，上下了一次，電梯到達地庫一樓後，門開了，外面當然一個人也沒有，海倫又按下十二樓的按鍵，電梯門關閉，隨後開始上升。

健身房裏，保羅站在桌子上，搜索着魔怪信號，忽然，他有些激動。

「魔怪信號，似乎出現在地庫一樓，但是已經上升了。」

「海倫，本傑明，目標出現。」南森立即通過對講耳機說道。

「我的幽靈雷達有反應，距離我很近。」海倫的聲音傳來。

「我的幽靈雷達也有反應。」本傑明說道。

南森和保羅已經衝出了健身房，他們快步向樓梯走去，通過樓梯開始上樓。

「在十一樓那裏。」保羅邊跑邊説。

「派恩，把守住大門，注意吸血鬼可能會穿牆落到外面。」南森邊跑邊提醒。

「我已經到大門了。」派恩急促的聲音傳來。

海倫提着的幽靈雷達早就發出了震動，她打開袋口，看到了幽靈雷達的螢幕，上面顯示的魔怪反應非常強烈，而且距離自己很近。海倫背靠着機廂壁，看着電梯門。

電梯是行駛向十二樓的，海倫還特別按下了二、三、七、十一樓的按鍵，讓電梯的運行不是那麼直上直下，而是中途停留一下。電梯在七樓停留後，開始向上，到了十一樓，電梯門打開了。

一個穿着罩袍一樣的衣服，腦袋被連衣帽基本蓋住的「住戶」站在電梯門前，隨後走了進來。

海倫不動聲色，她知道吸血鬼走進來了。

「嗨。」吸血鬼居然打了一聲招呼，不過他的頭還是低着的，也不看海倫。

「嗨。」海倫回應了一聲，一時間，她居然有了一種錯覺，有這是一個普通住戶的感覺。

吸血鬼進來後，轉身面對着電梯門，電梯門關閉，海倫

思考着是否動手，吸血鬼背對着自己，這是一個好機會。

「呼——」的一身風聲，吸血鬼猛地轉身，兩隻乾枯的手抓伸向了海倫的脖頸，海倫連忙一閃，躲過了吸血鬼的攻擊，吸血鬼眼窩深陷，面色慘白，在電梯頂的燈光照射下，非常可怖。

吸血鬼撲空，海倫調整一下後，放下幽靈雷達，她雙拳出擊，重重地打在吸血鬼的身體上，吸血鬼的身體橫着飛了出去，撞了在機廂壁上。

吸血鬼站起來，揮着手再次撲向海倫，海倫迎面就是一拳，打在吸血鬼的臉上，吸血鬼慘叫一聲，站立不穩，摔倒在地。

此時，電梯並不上升，電梯門一開一合的，關閉不上也不能完全打開。吸血鬼掙扎着站起來，它已經意識到遇到了魔法師，海倫飛起一腳，把吸血鬼直接踢出了電梯。

保羅第一個衝上來，眼看着電梯裏飛出來一個東西。南森隨即跟上來，吸血鬼撞在牆壁上，掉在地上。

海倫雙手扒着電梯門，把電梯門完全撐開，隨即衝出電梯。

「博士，抓這個傢伙——」海倫看到南森衝過來，連忙喊道。

大家合圍上去，吸血鬼此時完全明白包圍自己的是魔

法師，它的身體忽然彈起來，足有兩米高，隨後，它的身體就像是氣化了一樣，變成了一個巨大的氣霧團。

「啊，全是魔怪——」保羅大叫起來，他的魔怪預警系統有反應，電梯門前的走廊上空，到處都是魔怪反應。

此時，本傑明拿着幽靈雷達穿牆而出，他看着眼前的氣霧團也是一臉驚異，他手上的幽靈雷達螢幕上，全屏都是一片雪白，那是魔怪反應連成片狀的呈現。

海倫伸手在氣霧團裏抓了幾下，但是什麼都沒有抓到，南森想對氣霧團射出一枚凝固氣流彈，就在這時，那股氣霧團突然匯聚在一起，變成了一股手臂般粗的氣流，急速飛向樓梯。

這時，兩個魔法師衝過來，他們仰望着飛走的氣流，十分吃驚。

一切都恢復了平靜，電梯前，就像是什麼都沒發生過一樣。

「追呀——」海倫大喊着，向樓梯跑去。

「海倫——」保羅喊道，「逃掉了，速度飛快，我的探測系統都跟不上。」

「回來吧，海倫。」本傑明看着手裏的幽靈雷達，懊惱地説，「一下就不見了，幽靈雷達都無法鎖定它的去向。」

「派恩，派恩，是否發現有一道魔怪反應穿出大樓？」南森用對講耳機呼叫。

「博士，我先檢測到一個魔怪反應，後來這個魔怪反應變成了一大片，再後來又匯聚成一點，急速向下，轉眼就搜索不到了，我的幽靈雷達似乎測到這個信號從樓上窗戶飛出去了，不過很不明確，也不清晰，實在是速度太快了。」派恩的聲音傳來，「你們沒有抓到它？」

「快速逃逸了。」南森說，「我們稍後下來。」

大家都看着南森，南森沒有什麼特別懊惱的表情。

「這個吸血鬼有非凡的逃逸能力。」南森有些平淡地說。

海倫一直站在樓梯口那裏，很不甘心地看着南森，她似乎還想去追擊吸血鬼，但又無能為力。

「老伙計，不能測出它的逃跑軌跡嗎？」南森看了看保羅，「我是說它再次匯聚成一個點後。」

「只捕捉到它向下逃走瞬間的軌跡，大概到了三樓那個位置，我就跟不上了。」保羅無奈地說，「它要是飛到空地上，我還想用追妖導彈攻擊呢，但是根本就無法鎖定它。」

「先收隊吧。」南森對兩個魔法師說，「只能再想想別的辦法，這是一個很難對付的傢伙。」

第五章　公園裏

大家都感覺魔怪逃走了，魔法師先回了魔法師聯合會，不過南森他們並未撤離公寓大樓，他們全都來到了健身房。

「……這傢伙來的時候，我們還能鎖定它，可是逃走的時候，速度太快了。」本傑明恨恨地説。

「那當然，它出現的時候還要盤算去哪一層的電梯害人，怎麼去害人，動作相對逃走會慢很多。」派恩沒好氣地説。

「怎麼害人？這還不明白嗎？」本傑明瞪着派恩，「還是想製造電梯高空墜落呀，它這次出現在十一樓。」

「這次能把它引出來，它還假裝住戶，進了電梯還和我打招呼啊。説明博士把它引出來的計劃本身是沒問題的，吸血鬼還以為自己沒有被發現，以為派恩只是一個公寓裏的住戶，所以它再次出來作案。不過……」海倫説着頓了頓，她很是沮喪地低着頭，「這次它撤離，明白我們是魔法師了，我們再怎麼設計，它也不容易上當，或許已經跑遠了……我當時要是一下就抓住它……」

「很多事情都是我們在過程中才知道的，我們無法預知它的所有手段。」南森安慰她說，「樂觀一些，工作還是要繼續，我們可是沒抓到這個吸血鬼呀。」

「去哪裏抓呀？會不會逃離倫敦了？」派恩也是一副無精打采的樣子，「我覺得它跑掉了，雖然剛才我的雷達沒有跟上它的速度，但是想一想，它遭到圍捕，一定會逃跑的。」

「應該是跑出大樓了……它的一些特點，我們見識或推斷出來了。攻擊力弱，逃逸能力強，但是逃逸距離不會太遠，它一次移動最多也就一公里多，就要休息很長時間。」南森想了想，平靜地說，「當然，它可以先逃到一個可以隱身的地方，白天休息，晚上繼續向城外移動，最終逃出倫敦。」

「你是說，他一次移動到一個大樓先躲起來，休息充足後，再躲進一個大樓，這樣一段一段地跑掉？」本傑明有些着急地問。

「是這樣的。」南森擺了擺手，「本傑明，你不要着急。這裏是市中心，這個吸血鬼的移動緩慢，幾天都不能跑出去。明天你去找大鼠仙，海倫去找小精靈，讓他們在倫敦周邊布置起來，發現逃出的吸血鬼就報告。魔法師聯合會的魔法師們也要展開行動，開始搜索周圍的那些公

寓，吸血鬼不一定就躲在公寓裏，公園的樹林深處也可以藏身，所以這些地方都要搜索。」

「這就是要把倫敦整個搜查一遍呀。」海倫的語氣沉重，「工作量巨大，不過這個吸血鬼是個重大隱患，工作量再大也要展開。」

「這都是周邊工作，一定要進行，不過……」南森的語氣很是嚴肅，「你們發現沒有？吸血鬼其實可以移動到一公里外的公寓大樓去的，但是三次作案，它都選擇了這

個公寓。我想，這裏仍然是最重點，就好像有什麼東西牽引着它一樣，在同一個地點反覆作案風險很大的，這點它不能不明白，但它仍然這樣做，我是非常擔心未來它還會出現在這幢公寓裏。」

「那我們還是要守在這裏嗎？」海倫問道。

「守在這裏。」南森點點頭，「今天太晚了，明天我們全面展開行動。」

南森他們在健身房裏，搭設了簡易的牀鋪，派恩也不住在值班休息室了，直接搬到了健身房。

大家休息後，保羅在門口趴着，他很是無聊地趴了很長時間，隨後起身，來回地走動着，躺在一台跑步機旁的本傑明坐了起來，不知道是保羅驚動了本傑明，還是他睡不着。

「本傑明，快點休息，已經三點多了。」保羅跑過去，小聲地説。

「睡不着呀。」本傑明説，「我可不像派恩那樣，沒心沒肺的，就知道傻睡，我們這次遇到對手了。」

「誰在背後説我壞話？」派恩的聲音傳來，他的牀搭了在跑步機的另外一邊。

「小點聲，不要吵醒博士。」本傑明立即轉頭説道。

「叫醒博士——」保羅忽然大聲地喊起來，「吸血鬼

來了——」

南森已經醒了，派恩跑去開了燈，本傑明抓起了幽靈雷達，但是幽靈雷達熒幕上沒有任何反應。

「正北方向，七百米。」保羅叫着，它看看本傑明，「不要看幽靈雷達，探測距離只有四百米。」

「我們過去，包抄它。」南森説着向大門口走去，「老伙計，鎖定它，隨時報告方位。」

南森他們出了大門，坐在大門口前台後、昏昏欲睡的特德驚異地望着他們的背影。出了門後，南森他們在保羅帶領下快速越過街道，向北面急進。

凌晨時分，街道上沒有行人和車輛，他們連續穿過了三條街道，繞過一幢大樓，大家跟着保羅來到一處街心公園。

「快，在公園的北面。」保羅一邊跑一邊催促。

「三面合圍。」南森對身邊的幾個小助手説，「老伙計，距離兩百米通知我。」

「我也探測到信號了。」海倫拿着幽靈雷達，看了看。

「距離兩百米了。」保羅突然説道。

「停止前進。」南森收住了腳步，他擺了擺手，「老伙計，準確定位。」

「一點鐘方向，直線延伸191米。」保羅看着前面的樹叢，他們此時身處街心公園的最南部。

在街邊路燈的掩映下，昏暗的公園散發出一種幽異的景象，遠處的樹都被映襯得發出暗黃色的光。周圍一片寂靜，街邊有前些天下雪後堆起來的雪堆。

南森看看本傑明，指了指左邊，然後指指右邊，看了看海倫。兩個小助手心領神會，開始一左一右向前移動，南森又揮揮手，向前走了幾步，派恩緊緊地跟上。

「等一下——」保羅忽然喊道，「目標消失了——」

「博士，我的目標也消失了，一下就不見了。」海倫對南森晃了晃手上的幽靈雷達。

南森愣了一下，但是也很無奈，他帶着小助手直接跑到了公園的北部。

公園北面對着一條大街，街上有一輛車孤零零地開過，隨後，這裏陷入一片寂靜。

「剛才就在這個地方。」保羅說着看了看左右，「魔怪信號突然在這裏消失，速度非常快，我都跟不上。」

「這個傢伙剛才跑出曼琪公寓。」南森說着看着四周的幾幢大樓，那些大樓很少有亮着的燈，「可是它為什麼出現在這裏呢？它應該先在一個藏身地點穩穩地隱蔽起來休整呀。」

「它跑出去好幾個小時了，應該休整好了。」派恩推斷地説，「它可能想找個更合適的地方隱藏。」

「也有這種可能。」南森説道，「那麼接下來，我們不能休息了，我們要在這附近巡邏，用幽靈雷達搜索它，萬一它又出來作案，我們要及時制止，等到了白天，我們才能離開。」

「為了這裏居民的安全……」海倫看看本傑明，指着西面的街道，「本傑明，你去那邊，我去東邊……」

大家做了安排，三個小助手分別去了西、北、東三個方向，南森和保羅則留在了公園裏，保羅用魔怪預警系統監控着四面。

第六章　凍結

　　早上七點，天色亮起來。南森把小助手們召集回來，這裏已經不需要警戒了。新的一天，他們按照計劃，有新的布置，本傑明去肯辛頓公園找大鼠仙，請他們幫忙查找吸血鬼，海倫則去了郊外，請小精靈幫忙。南森帶着保羅去了魔法師聯合會，今天要請起碼十幾名魔法師一起出動，在曼琪公寓周圍區域逐個街道探測吸血鬼，派恩則回到曼琪公寓值班，南森總覺得那座公寓和吸血鬼有某種聯繫，他總是怕曼琪公寓再出什麼事。

　　大家立即開始了工作，直到下午，他們才在曼琪公寓的「辦公室」裏再次會合。大鼠仙和小精靈都通知到了，它們當然同意幫忙，十幾個魔法師也開始在曼琪公寓周圍的區域開始了搜索，儘管這樣直接找到吸血鬼的概率不大，但是也要進行，南森不能放棄任何一個機會。

　　海倫和本傑明彙報了工作，南森安排大家開始休息，

他也要休息，他們從昨晚的三點多一直到此時都在進行着工作，現在休息，是為了應對晚上的工作，更加精力充沛。天黑後，那個吸血鬼也許還要鬧出動靜，也可能繼續向外逃走，南森已經安排了魔法師，晚上六點天完全黑後，把守住曼琪公寓四周幾個方向，嚴防吸血鬼分段式逃走。

小助手們確實都很累了，很快就睡着了，晚上七點多，南森醒了，他叫保羅不要吵醒幾個小助手，隨後帶着保羅出了健身房。南森關好健身房的門，一個四十多歲的女士經過健身房，看到南森，有些吃驚。

「噢，你就是那個大魔法師，南森先生。」女士問道，「你好。」

「你好。」南森笑着點點頭，「你是……」

「我叫朵拉，是這裏的清潔員，我已經下班了，但是手機忘在儲物間了，臨下班前我在那裏做事，接了兩個電話。」朵拉解釋地說。

「噢。」南森點點頭，「那麼朵拉，據你所知，這個公寓裏，有沒有什麼奇怪的事在最近發生呢？」

「沒有。」朵拉搖了搖頭，「警察已經也問過了，我是沒有遇到什麼異常的事，對我來說每天的事就是那麼簡單，清掃大樓，下班回家，整個大樓我都熟悉，從這個地

庫一樓到十二樓，一切都很普通，直到電梯掉下去。聽說是魔怪幹的，南森先生，你還沒有抓到魔怪？」

「工作還在進展中。」南森淡淡地說。

「倫敦五台對你可能有所幫助……」朵拉興奮地說。

「倫敦五台？」南森一愣。

「五台的刑事偵查實錄節目，全是破案故事，對你會有啟發的。」朵拉認真地說。

「噢，明白了。」南森點點頭，「謝謝你。」

朵拉走了，南森和保羅走樓梯上一樓，這天輪到了托尼克值班。

「噢，托尼克，怎麼樣？」南森看到托尼克，說道。

「很好，不過聽特德說昨晚可不好。」托尼克有些激動，「什麼時候能抓到那個傢伙？真是太可怕了。」

「嗯……儘快。」南森很難回答這種問題，難免有些敷衍地說道。

南森出了公寓的大門，來到了公寓外，他看着北面，吸血鬼昨夜就出現在那個方向。室外有些冷，似乎又要下雪的樣子。

在大樓外轉了將近一個小時，南森回到了公寓裏的健身房。海倫他們全都醒了，精力算是恢復了，但是每個人都一副無精打采的樣子，大家之間也不怎麼說話。

「不用這個樣子，目前工作正在展開。」南森略微笑笑，「小精靈把守着城外，大鼠仙在全城巡查，這片區域有魔法師在重點巡查。現在魔法師們算是下班了，我們接過來，一會出去巡查。」

「博士剛才給魔法師聯合會打了電話，要借幾十台幽靈雷達，如果把眾多雷達集中在一個區域擺放，只要吸血鬼出現，無論它跑得多快，這麼多雷達大概能畫出它的運行軌跡。」保羅像鼓舞大家一樣宣布。

「啊？這樣……」海倫頓時雙眼放光，「這個辦法好。」

「但是聯合會那邊自己也要使用幽靈雷達，幾十台不會馬上湊齊。」南森説，「應該要稍等一些時間。」

「有辦法就可以。」本傑明揮着手臂，「我真想全倫敦都設置幽靈雷達，那麼它跑到哪裏，速度再快也能鎖定它。」

「哪有那麼好的事，説夢話。」派恩不屑地説。

「我就是想想，不行嗎？」本傑明立即針鋒相對地反駁。

「夠了，夠了。」海倫走到他倆中間，「本傑明，現在八點多了，你先去外面走一圈，巡查一下，九點多派恩去。」

本傑明瞪了派恩一眼，拿着幽靈雷達去巡查了。房間

裏頓時安靜下來，南森帶了自己的筆記型電腦來，他坐在前台後，打開電腦查詢起來。

「演化過程中的吸血鬼……」南森看着電腦熒幕，「老伙計，你那裏的資料庫有沒有資料，這種演化要多長時間？」

「幾十到幾百年不等。」保羅仰着頭，「看吸血鬼獲得魔藥和人血的能力，要是這些都齊全，幾十年就能徹底轉化成一個吸血鬼，而且魔力極強。」

「嗯，所以這個吸血鬼要拼命害人並吸食人血……」

南森耐心地查詢着，一直到了九點多，本傑明回到房間，海倫立即安排派恩去巡查，這次保羅也一起去。

海倫去巡查的時間已經快十一點了，她在外面走了好幾條街，繞着曼琪公寓轉了一大圈，回到健身房那裏，已經是十二點多了。

「今晚吸血鬼可能不出來活動了。」派恩看了看牆壁上的鐘，「過一會我們又要休息了。」

「懶，就知道休息。」本傑明在一邊抓住時機說道。

「剛才我比你先起來，居然說我懶……」派恩看着本傑明，「我發現你最近處處針對我。」

「笑話，我什麼時候不處處針對你了？」本傑明回看着派恩，「我一直都處處針對你呀。」

「哇——你要氣死我——」派恩叫了起來。

「吸血鬼——」海倫跟着叫起來。

「誰？我怎麼成了吸血鬼了？」派恩瞪着海倫，「博士，他們兩個一起欺負我——」

「我是説吸血鬼來了——」海倫晃着手裏的幽靈雷達。

「吸血鬼來了，就在四百米外。」保羅説着已經衝向了門口。

大家一起向門口跑去，他們上到地面，衝出了公寓。保羅鎖定着目標，吸血鬼此時正在向北移動，速度不是很快。

南森他們一路追趕，一直追到了昨天的那個街心公園，這次他們沒有失去目標，但是吸血鬼已經離開了公園北部。

「好像進了公園對面的那個大樓了。」保羅邊走邊説，「我的定位系統提示的位置報告，那是利森大樓，也是一所公寓。」

大家越過了公園北面對着的大街，利森公寓大樓豎立在那裏，南森他們連忙向公寓大門跑去，他們來到公寓門口，大堂空蕩蕩的，似乎連保安員都沒有。

「就在裏面——」海倫的幽靈雷達也鎖定着吸血鬼，

「我們進去──」

派恩和本傑明沒等她說完話，已經衝進了大門。這時，大堂前台後有個保安員慌慌張張地站了起來，大家這才發現大堂裏是有人的。

「你們幹什麼？」保安員大聲地問。

「魔幻偵探所，南森。」南森表情嚴肅地說，「執行任務，有個魔怪在你們大樓。」

「啊，啊，我知道你，前幾天說這附近有個魔怪，要我們多加注意，它跑到我們大樓了嗎？」保安員緊張地問。

「待在這裏不要動，我們來處理。」南森對保安員擺擺手。

「博士，它在三樓，電梯裏。」保羅激動地說。

「上三樓。」南森說着看了看大樓的構建，找到了樓梯口，他指了指樓梯口，「我們走樓梯。」

大家一起向樓梯口跑去，他們一口氣跑上了三樓，保羅說吸血鬼一直沒有動。

三樓的走廊裏，一個人都沒有，此時已經快凌晨一點了，住戶們都在休息。

「在電梯裏。」海倫指了指不遠處的電梯。

這幢公寓也有兩台電梯，海倫指着的是靠近他們的電

梯，他們悄悄地圍了上去，一切都很安靜。

「什麼味道？有人喝酒了？」本傑明忽然聞到酒味，吸了吸鼻子，說道。

「別管啦，又不是抓酒鬼。」派恩小聲地說。

大家包圍了電梯，電梯門沒有打開，無論是保羅的魔怪預警系統，還是海倫和派恩手裏的幽靈雷達，全都顯示吸血鬼就在面前的電梯裏。

派恩按了一下電梯開關，電梯門並沒有打開，派恩看了看大家，搖搖頭，看來開關鍵已經失效了。

「啊——」電梯裏，有個呼喊聲忽然傳來，「救命——」

本傑明和海倫急了，各自唸了一句穿牆術口訣，一起衝進了電梯機廂。

南森覺得那個聲音很怪，猛地意識到什麼，伸手去攔本傑明，但是沒有攔住，本傑明和海倫衝進機廂，南森拉住了想要跟着進去的派恩。

海倫和本傑明衝進去後，他們看見靠着機廂壁的吸血鬼，吸血鬼對着他倆發笑，它的手拿着一組捆在一起，已經被擦亮的火柴。

本傑明和海倫都愣了一下，他們的腳底，是一層很厚的布，布上散發着濃烈的酒精味道。

　　吸血鬼把火柴扔到布上，隨即化成了一束氣團，機廂的天花板已經被它撬開了一個不到半米的正方形開口，氣團從開口鑽了出去，而地面上的布頓時被引燃，整個機廂一片大火。

　　「啊——救命——」本傑明和海倫大叫起來，「博士——」

　　南森在外面意識到出事了，他衝上去，雙手猛地對着電梯門拍擊下去，電梯門頓時被拍得變形，變形後的電梯門出現了巨大的縫隙，有火苗從縫隙中躥了出來。

　　「冰凍一切——」南森指着火苗鑽出來的地方，唸了一句魔法口訣，他知道機廂裏着火了。

　　一股藍色的光急速飛進機廂裏，轉眼間，生成了一個充滿機廂的巨大冰塊，裏面的火苗不見了，本傑明和海倫也凍在冰塊裏，他倆的身上都過了火，頭髮都燒掉不少。

　　南森拉開了電梯門，本傑明和海倫還凍在裏面，保持着撲滅火苗的動作。南森的雙手推在冰塊上，唸了一句魔法口訣，冰塊頓時消散了。海倫和本傑明頓時癱倒在地上，大口地咳嗽着。

　　派恩已經掏出急救水，給本傑明喝了下去，南森把自己的急救水給海倫喝了下去。海倫和本傑明的身體表面都有燒傷，幸好機廂裏着火時間不長，南森滅火也及時，兩

人才沒有受到更嚴重的傷害。

　　「叫救護車，去醫院處理一下傷口。」南森心情沉重地看着兩個小助手，「喝了急救水，沒什麼大問題。之後回偵探所休養吧，回去以後還要喝急救水。」

第七章　回到偵探所

本傑明和海倫坐在地上，一言不發，本傑明用手擋着臉，他覺得自己的眉毛都被燒掉了，他不想讓派恩看到。

派恩蹲在他倆身邊，也是一言不發，幸好他剛才被南森拉住了。

「我大意了，吸血鬼這是一路把我們往這裏引。」南森懊惱地説，「剛才吸血鬼在電梯裏模仿的那個救命聲，我感覺不太對勁，但是沒能攔住海倫和本傑明。」

「博士，那個吸血鬼急速上升，逃走了，還是沒能跟上。」保羅在一邊説。

「吸血鬼的報復心很強呀。」南森看着機廂底部堆着的布，那些布還沒有燒盡，「這次我們上當了。」

救護車來了，把海倫和本傑明送去了附近的醫院，派恩跟着去了醫院。南森和保羅把利森公寓上上下下搜索了一遍，沒有發現什麼魔怪痕跡，南森判斷這裏是吸血鬼從曼琪公寓逃出來後選定的一個陷阱地點，並不是吸血鬼的固定隱身處，他們在大樓裏安置了一台幽靈雷達，離開

73

了，麥克警長會處理後續事宜。

　　早上的時候，派恩來到了曼琪公寓，南森仍然把這裏視作為吸血鬼可能回來的地方。

　　「醫生説傷口都處理好了，他們回到偵探所的房間，都休息了。」派恩一回來就報告海倫和本傑明的情況，「他們回去後，我就讓他們喝了急救水，我想三天內就能完全恢復，只不過……本傑明的眉毛被燒了，要過一段時間才能長出來，海倫的頭髮也被燒掉不少。」

　　「人安全就好。」南森説道，「下午我給他們打電話，讓他們好好休息，這裏有我們呢。」

　　「博士，他倆情緒都很壞，其實我也一樣，我們上當了。」派恩握着拳頭，激動地説。

　　「是呀，要特別小心。」南森低着頭，語氣沉重，心情也一樣，「不知道這個傢伙還有什麼手段，它攻擊力不夠，但是很狡猾呀。」

　　下午的時候，麥克警長來了電話，他們處理完利森公寓的現場，電梯機廂裏的布是大樓保潔部丟失的，那是用來擦拭樓道用的；而引燃那些布的是酒精，是公寓旁邊一家藥店丟失的，一共丟失了三桶。警方和南森全都推斷，吸血鬼偷走了酒精，把酒精倒了在偷來的布上，堆在電梯機廂裏，最後把本傑明他們引進機廂，引燃了布。

74

魔法師聯合會抓緊時間，找到了五十多台幽靈雷達，讓魔法師布置了在曼琪公寓這個區域，同時又加派了人手，在這個區域巡查。魔法師聯合會知道海倫和本傑明受了傷，特別告訴南森，他們的魔法師隨叫隨到。

晚上，天黑之後，派恩不由自主地緊張起來，不知道吸血鬼還會有什麼招數，派恩覺得這回自己一定不會上當。保羅則躍躍欲試，他後背的追妖導彈發射架幾次彈開，隨後收起，他反覆檢查着追妖導彈的實戰運行狀態。

「這回它再出現，我就用導彈炸它，我把它炸飛──」保羅氣勢旺盛地説道，「讓我的導彈和它比速度吧。」

「這裏是市區，要小心發射呀。」南森在一邊説，「我倒是覺得，它現在可能比較得意，它的報復得手了，暫時不會出來。」

事情果然如同南森預料的那樣，這個晚上很是平靜。派恩一開始休息的時候還很緊張，但睡着之後，一覺醒來，已經是大天亮了。

「沒有什麼事發生？」派恩起來就問保羅。

「沒有。」保羅搖了搖頭，「要是還敢來，我真要讓它嘗嘗我的導彈。」

「嗯，炸這個傢伙。」派恩狠狠地説，「博士呢？」

「出去了，説是要在外面巡查一下，我看他是在想怎樣進行下一步呢。」保羅説，「啊，海倫剛才來過電話了，她和本傑明都很好，恢復了不少，叫我們別擔心。」

「不擔心，喝了急救水呢。」派恩歎了口氣，隨後振作了一下，「叫他們快點恢復，還要過來一起抓那個吸血鬼呢。」

「嗯，是的。」保羅用力地點點頭。

大概是在十點的時候，南森回來了。他在曼琪公寓周邊走了一大圈，還遇到了兩個正在安裝隱蔽的幽靈雷達的魔法師，根據安裝情況，這個區域基本上是鋪設滿了幽靈雷達，搜索信號覆蓋了這個區域的大部分地區，但是仍然沒有發現吸血鬼。情況可能有三個，第一就是吸血鬼恰巧躲在沒有幽靈雷達覆蓋信號的那一小部分區域，第二就是吸血鬼離開了曼琪公寓這片區域，第三就是吸血鬼有某種特別手段，能夠遮罩雷達的搜索，但這種能力不是其自身魔力，因為它這種演化中的吸血鬼，還談不上什麼魔力，可能是借助某種器具隱藏。

南森還是將目光放在曼琪公寓及其周邊區域，尤其是利森公寓的吸血鬼陰險火燒攻擊之後，南森覺得吸血鬼的活動區域仍然在這裏，並沒有遠走。

「已經布置下這麼多幽靈雷達了，白天吸血鬼不出

來，晚上只要它活動，應該能發現的。」南森的確有些心事地說，「要是它確實能遮罩掉雷達搜索，那真的有些難辦了。」

「博士，你的意思還是吸血鬼就在我們附近，不存在逃走或者恰巧躲在搜索信號未覆蓋地區的可能。」派恩問道。

「是這樣的，這個吸血鬼很想和我們在這裏糾纏呢，也許它還想進一步報復，不過可以肯定的是，它知道我們始終在這裏。」南森點點頭說，他一副思考的樣子。

「那它有什麼手段躲避了我們的搜索呢？它的魔力不算高超呀……」派恩一臉的迷惑。

「無論怎樣，還有另外一件事要辦，非常重要。」南森忽然說道。

「什麼事？」派恩連忙問。

「我去看看海倫和本傑明，這兩天我一直想着他們，放不下心呀。」南森一副懊惱的表情，「那天要是出手再快點，攔住他們就好了……哎，這兩天要辦這個案子，又想着他們，現在是白天，吸血鬼出來活動的可能性極小，我正好回去看看他們。」

「我也要回去，我去看看本傑明……」派恩立即說。

「不，派恩，你已經回去過了，你在這裏值班，老伙

計和你一起。」南森説着看了看保羅，「有什麼事情就立即通知我。」

南森離開了曼琪公寓，開着自己的老爺車回到了偵探所，他用鑰匙開門，開門的時候小心翼翼的，擔心兩個小助手還在休息。

「啊，博士，你回來了？」海倫就在客廳，看到南森進來，滿臉的興奮。

「海倫，你沒有休息？你好點了嗎？」南森連忙問道。

「好多了，每天都喝急救水，每天都躺着，也不用燒飯，都是叫外賣。」海倫説着指了指自己的頭髮，她剪了一個短髮，比男生的長不了多少，「博士，你看，我剪了短髮，那把火差點把我的頭髮燒光。」

「好，這樣也好。」南森連連地點頭，「走路沒什麼吧，沒有感染什麼的？」

「腿上的燒傷都好了，表皮燒傷，不嚴重，我們可是有急救水的。」海倫説着走了兩步，「沒什麼影響了。」

「很好。」南森很是欣喜地説，「本傑明呢？還在休息？」

「我不出來──」本傑明的聲音從裏面傳出來，看來他非常清楚南森回來了，「除非派恩出去，派恩在這裏我

這是海倫的新髮型？

絕不出來——」

「出來吧——派恩沒回來——」海倫對裏面喊道。

「不要騙我——」本傑明聲音傳來，「那我出來了——」

「我讓派恩在曼琪公寓值班。」南森看看海倫，「老伙計也跟他一起。」

本傑明終於走了出來，他用一隻手捂着眉毛，看到客廳裏站着的是南森和海倫，終於放心了。

海倫看了看本傑明，笑了起來。本傑明把手放下，露

出了眼眉，他的一條眼眉被火完全燒掉，另外一條燒掉了大半。

「博士，你看看吧。」海倫指着本傑明，笑着説，「他一直在生氣呢，其他恢復的都很好，比我還好。」

「那個吸血鬼，我饒不了它，竟敢把我的眉毛給燒掉了，這讓我怎麼出去見人呀。」本傑明氣憤地説，「博士，這兩天它有動靜嗎？」

「還沒有。」南森搖了搖頭，「我正在想辦法，魔法師聯合會的那些幽靈雷達都布置好了……」

「先不要想辦法，再等我一兩天，完全康復了，就去曼琪公寓，看我怎麼把它抓出來，我要狠揍它。」本傑明手舞足蹈地説。

「本傑明，這個吸血鬼很狡猾，哪有那麼容易就找出來。」海倫在一邊説，「你和派恩總是説大話。」

「我沒有，派恩經常説大話。」本傑明説着像是想起了什麼，他有些可憐地看着南森，「博士，醫生説我的眉毛要過一段時間才能長出來，可是這段時間……派恩要是看到，一定取笑我，這是他最拿手的。我現在面臨的問題不是怎麼解決吸血鬼，而是我馬上就要看見派恩了，他的嘴比吸血鬼還要毒，因為那個吸血鬼連話都沒有説過……」

「不要激動，沒關係的。」南森有些神秘地笑了笑，「醫生也說了，你的眉毛要過一段時間長出來，至於這段時間嘛，其實也有辦法的，而且很簡單……」

「什麼辦法？」本傑明更加激動了，「什麼辦法呀，博士，快說呀，不是用黑色的筆畫上去吧，我試過，不行，太假了，還是會被派恩當笑話，我太了解他了。」

「不是，你可以……」南森壓低聲音，說了兩句話。

「啊呀，我怎麼就沒想到呢？這麼簡單。」本傑明激動地跳了起來「我真的可能是被燒得腦袋發暈了……」

「那麼你們先坐下，還是要注意休息。」南森指着沙發說道，「今天的急救水都喝了吧？」

「早上就喝過了。」海倫說道，「其實我現在感覺都正常了，就是手臂這裏有一塊傷，稍稍有點疼。」

「我走路的時候，傷口和衣服摩擦，會稍稍有點疼。」本傑明說着坐了在沙發上，「不過越來越輕了，我覺得明天就徹底好了。」

「再休養兩天，我們和這個吸血鬼，慢慢地較量，它跑不了的。」南森緩緩地說道。

「現在我們該怎麼做呢？」海倫問道。

「把幽靈雷達在那個區域鋪滿之後，看看能不能把它搜出來，只要它有動作，應該能捕捉到痕跡。」南森說，「白天它不可能外出，外面的陽光能直接殺死這樣正在演化中的吸血鬼，晚上很重要，它要是有所活動，會在晚上進行。」

「真想馬上去曼琪公寓。」海倫有些焦急地說。

「還是再休養兩天。」南森說着看了看窗外，「無論怎樣，這次我們不能再上當了，這是一個善用詭計的傢伙。」

南森叫兩個小助手多注意休息，離開了偵探所。回到曼琪公寓，派恩和保羅正在健身房裏說着話。

「博士，你回來了。」派恩看見南森，立即說，「怎麼樣，他們都好嗎？可以過來工作了嗎？」

「都很好，恢復迅速。」南森說，「我讓他們再休息兩天。」

「本傑明的眉毛長出來了嗎？」派恩很是關切地問。

「嗯，這個……」南森感到為難了，「也在迅速……恢復，一切都好。」

「真想早點見到本傑明……」派恩眉飛色舞地說。

「怎麼樣，我回去這段時間，都好吧？」南森有意打斷派恩的話，問道。

「很好，吸血鬼大白天不出來。」保羅接過話，「就是派恩感覺很無聊。」

「晚上看看吧，希望這一片能夠平靜，也希望它能出來。」南森說着皺起了眉，「噢……這算是一種什麼心理呢？」

白天很快就過去，夜色再次籠罩城市。天剛一黑，派恩就又緊張起來，他在南森的筆記型電腦前，和保羅一起看着幾十台幽靈雷達的布放位置。

「……這裏，這裏有個死角區域，但是這個區域是街道，車來車往的，吸血鬼不會藏在這裏。」派恩指着電腦熒幕說。

「那裏，左上角，那是一個籃球場，都是空地，遮擋物都沒有，吸血鬼也不會藏在那裏。」保羅也比畫着說。

「這樣看，幽靈雷達信號沒有覆蓋的區域，也都是一些無關緊要的區域，需要監控的區域都被信號覆蓋了。」派恩說着點了點頭，「嗯，這樣吸血鬼應該就沒有能藏身的地方了，可是為什麼還沒有被搜索到呢？」

「博士說了，它有什麼隱蔽手段，能遮罩信號。」保羅連忙說，「應該不是用自身魔力遮罩掉信號，強大的吸血鬼都很少有這個能力，別說它一個演化中的吸血鬼了，應該是躲在一個什麼東西裏。」

「這我知道，我是說它只要一外出活動，還是能被發現的。」派恩說，「上次本傑明和海倫引吸血鬼出來，海倫被它攻擊，不就發現它的魔怪反應了嗎？雖然說它移動快，我們沒跟蹤上。」

「這次它要是再出來，這麼多幽靈雷達，一定能接力畫出它的一個去向。」保羅晃了晃頭，「我的系統能把這些軌跡收集起來，離抓到它也就不遠了。」

「嗯，要把它定位才能抓到它……」派恩連連點頭。

接下來的等待似乎有些漫長，時間一點一點地過去，但是吸血鬼再沒有出現。

第八章　陷阱

凌晨時分，一直守在門口隨時準備出擊的派恩都有些昏昏欲睡了，他強忍着不肯睡去。

「要是……要是它還出來陷害我們就好了……」派恩低着頭，小聲地説。

「你居然有這種想法？」保羅很是無奈地説。

「我們不會再上當了，還能知道它的行蹤。」派恩努力地抬起頭，「或者，它就不能外出散散步什麼的，夜遊街心公園也可以呀。」

「派恩，你休息吧，今晚它可能不會出來了，有情況我和老伙計叫你。」南森説，他發現派恩實在是堅持不住了，「過一會我也休息，一切有老伙計啊。」

「好吧，晚安。」派恩站起來，向自己放在跑步機旁邊的簡易牀鋪走去，「噢，不知道還要在這裏住多久，每天早上起來先看到一台跑步機，這感覺真奇怪……」

這一個夜晚很是平靜地過去了，第二天早上，派恩起來，第一眼如願地看到了身邊的跑步機，最遠處，保羅在一台跑步機上用力地跑步。南森不在健身房裏，應該是又

出去了。

　　十幾分鐘後，南森回來了，他還給派恩帶了早餐。

　　「海倫剛才來了電話，她和本傑明急着過來，說是完全恢復了。」南森望着吃着早餐的派恩，「我說再休息一天，雖然有急救水，但畢竟受了燒傷。」

　　「真想早點看到本傑明呀。」派恩有些感慨地說。

　　「真奇怪，急着見本傑明，你是想和他吵架對嗎？」遠處，鍛煉中的保羅聽到了派恩的話，「本傑明這兩天不在，你沒了對手，這裏倒是清靜了很多。」

　　「我就是想看見他，幾天不見很想念他。」派恩說，「你沒發現，如果有行動，我們人手也不足嗎？」

　　「魔法師隨時增援。」保羅有些反駁地說，「而且樓上就有兩個保護那些沒搬走住戶的魔法師。」

　　曼琪公寓這天開始「熱鬧」起來，前些天有幾戶住戶堅決不肯搬走，過了這幾天，一些住戶不知道從哪裏聽說，吸血鬼跑去了一公里外的利森公寓，所以膽子也都大起來，回來了好幾戶，還有些人回家拿東西，進進出出的人多了起來。

　　南森很是頭疼，他和兩個保護沒搬走住戶的魔法師勸阻着回來的人，但是效果不明顯。南森也很是為難，最關鍵的是，他有了巨大的壓力，如果再抓不到吸血鬼，而回

來的住戶越來越多，那麼一旦吸血鬼再次出現，對這些住戶帶來傷害的可能性極大。最後的解決辦法是，魔法師聯合會又加派了兩個魔法師過來，增加保護者的數量。

南森和那些住戶不一樣，他相信，吸血鬼並沒有「搬到」利森公寓大樓，吸血鬼就在曼琪公寓附近。

這一天，天氣陰沉，黑得比以往更早，傍晚開始，天空中有零星的雪花飄落，雪雖然不大，但一直下個沒完。

南森和派恩都在一樓的前廳裏，這一天是特德值班，三個人一起看着外面的雪。

「……天氣預報説傍晚開始有雪，我在進門通道上撒了鹽。」特德説道。

「你辛苦了。」南森説，「外面的雪太厚，你還要去掃雪吧？」

「是呀。」特德説，「不掃不行呀，路人會滑倒，前些天那輛車，就是因為地面的雪沒有來得及鏟乾淨，轉過來就翻車了，當然那輛車的速度確實快了一些……噢，今天樓下回收房又有人扔了兩件家具，帶有古典花紋的，我也不是很懂，但是確實漂亮，不過回收房都快放不下了，要叫古董公司的人快點收走了。」

「特德，你負責的事可真不少，你在這裏上班多少年了。」南森好奇地問。

「十五年了。」特德説,「噢,就像昨天一樣,都十五年了,你不問我都沒感覺到……這十五年裏,你抓到的魔怪可不少吧?」

「嗯,有一些的。」南森像是想着什麽,一直看着外面。

「我可是看了你不少紀錄片,就在那裏。」特德説着指了指前台後面,「一到晚上,進出的住戶就很少或者沒有了,我就在那裏用手機看你的紀錄片,可真是精彩呀……噢,你可不要告訴我們的經理,那樣我會被處罰的,工作時間看手機……」

「哈哈哈,特德,怎麽會呢?」南森笑了起來,「我理解,我理解,每晚坐在那裏,確實很枯燥。」

「打遊戲也不錯。」派恩看着特德,「我知道新出的一款打魔怪的遊戲,很不錯,那場景設計太棒了……」

「噢,派恩,我這個年齡,好像不太合適玩遊戲,我的速度太慢,腦子也跟不上。」特德笑了,「派恩,小魔法師,現實工作是抓魔怪,玩遊戲也要打魔怪……」

三個人説着話,不知不覺,已經九點多了。南森和派恩告別了特德,他們要去地庫一樓的健身房,不知道這個晚上吸血鬼有什麽動作。

南森和派恩是走樓梯下樓的,他們還沒有完全走下樓

梯，只見保羅急着跑了上來。

「博士，派恩，剛捕捉到一個信號，行動很快，在這個樓裏閃了一下，現在向北面去了。」保羅急匆匆地説，「是那個吸血鬼。」

「追——」南森揮揮手，轉身向上。

「還不到十點就出來了，我先去拿幽靈雷達。」派恩向下衝去，他要去拿上幽靈雷達。

南森和保羅衝到前廳，特德看到南森回來，很奇怪。

「南森先生，有什麼事嗎？」特德問道。

「告訴樓上的魔法師，守好大樓。」南森邊説邊向外跑去，「有情況出現。」

「是，守好大樓。」特德立即立正。南森他們走後，特德拿起前台後放着的一根棒球棍，隨後開始撥打在樓上值班的魔法師電話。

南森和保羅已經衝出了大樓，保羅告訴南森，吸血鬼的速度似乎是故意放慢不少，現在正在向北移動，和他們相距五百多米。

南森和保羅緊追不捨，忽然，保羅放慢腳步。

「博士，它好像跑進了那個街心公園了。」保羅説道，「它不動了。」

「具體位置。」南森問。

「兩點鐘方向，公園北門右邊。」

兩人開始小心地向鎖定方向前進，走了大概兩百多米，保羅停下了腳步，兩人的面前，是一排大樹。

「穿過大樹就是，距離我們也就一百米。」保羅很是謹慎地說，「博士，它是不是又有什麼詭計？」

「博士——保羅——」派恩氣喘吁吁的追了過來。

「吸血鬼就在前面，穿過那幾棵樹就是。」南森拉住了派恩，不讓他繼續向前跑。

「那就抓呀。」派恩着急地說道，他忽然想起什麼，「噢，我們要小心被它陷害。」

「我們拉開距離，從它的兩側接近。」南森指了指前方，「老伙計，你在中間位置，這裏是無人的公園，準備發射導彈。」

保羅點點頭，後背上彈出了追妖導彈發射架。

南森和派恩小心地穿過了那幾棵樹，派恩的幽靈雷達也已經鎖定了吸血鬼。不過，他們穿過幾棵樹後，根本就不用任何儀器跟蹤了，吸血鬼就在他們的面前，距離他們也就是七十米。

吸血鬼背靠着公園的鐵柵欄，低着頭，一動不動。它的身邊兩側和面前都是大片的空地。

南森和派恩一左一右，向吸血鬼走去，他倆相距十幾

米，中間是保羅。

「你跑不了了——」派恩向前走到和吸血鬼不足五十米的距離，大喊起來，「看你有什麼招數，都用出來吧——」

面對着身邊都是空地的吸血鬼，派恩輕鬆了不少，一切都是一覽無餘的，只要衝過去就能抓住吸血鬼。

派恩握着拳頭，用腳蹬地，準備衝過去。他看看旁邊的南森，南森也在一步步地靠近吸血鬼。

「啊——」派恩大喊一聲，向前衝去。吸血鬼看到他衝過來，還是靜靜地站在那裏。

「派恩——」南森説着甩出一道閃光，閃光不是飛向吸血鬼的，而是飛向派恩身前。

「呀——」的一聲，派恩被閃光絆倒在地。南森則看了看保羅。

「老伙計——射擊——」

保羅聽到了南森的口令，對着吸血鬼就射出一枚追妖導彈。吸血鬼看到導彈射來，立即起飛，飛過鐵柵欄，向利森公寓方向飛去。

「轟——」的一聲，追妖導彈在鐵柵欄上空爆炸，一片白煙隨着爆炸點擴散。保羅想繼續射出第二枚導彈，但是魔怪信號已經失去，他沒有了目標，着急了，保羅向前

跑了幾步，「咚」的一聲，掉進了一個陷阱裏。

「啊呀——」保羅叫了起來，他落在了兩米深的陷阱裏，陷阱裏都是煙霧，保羅睜着眼睛，但什麼都看不見。

被保羅踩塌的陷阱表面覆蓋着報紙，報紙下支撐的是樹枝，上面則是和地面一樣的浮土。由於塌陷了一處，塌陷處兩側也有兩米長的距離受了牽動，報紙和樹枝都露了出來，看上去這個陷阱很長。

此時，陷阱裏有些煙霧微微飄出陷阱。南森和本傑明感到危險，各自後退了幾米。

「是毒氣——」保羅的聲音從陷阱下傳來，「不過對我沒用——幸好剛才沒有炸到它——」

保羅是機械構造的，根本不怕任何的毒氣攻擊，它在陷阱裏邊跑邊跳，頂翻了那些樹枝，很快，一個呈現半圓形，寬有一米多的陷阱露了出來，而吸血鬼剛才的位置，正好在半圓形陷阱的中心點位置，陷阱的兩端緊靠着公園的鐵柵欄。這樣，無論南森和本傑明從哪裏衝向吸血鬼，都會掉進陷阱裏。

南森叫過來派恩，派恩看着冒出來的那些淡淡的煙霧，很是害怕。

「剛才我用透視眼看了吸血鬼周圍，發現了陷阱。」南森説，「它想把我們吸引過去，然後掉進陷阱裏，陷阱

應該是它在天黑後挖好的，這點魔力它還是有的，它在陷阱裏釋放了毒煙，我們掉下去就會立即中毒。幸好老伙計不怕毒煙。」

「博士，我還是太着急了，我看他周圍什麼都沒有，覺得它不會有什麼詭計，我就……」派恩懊惱地説。

「它不會站在那裏等着我們抓，它一定是有計劃的。」南森説，「要全面地想問題。」

「是，我知道了。」派恩用力地點着頭。

保羅已經從陷阱裏跳了出來，隨後向南森這邊跑來。

「博士，裏面是沉降型毒煙，毒量一級，十二小時內有效。」保羅大聲地説。

「一會我會把毒煙收集起來。」南森説着看看遠處，「挖了這樣一個陷阱，那些土它運到哪裏去了？」

「一定在附近，我去找找。」保羅説着就要向旁邊的樹林裏跑。

「老伙計——」南森連忙叫住保羅，「導彈攻擊沒有效果嗎？」

「沒有一點魔怪殘餘信號，根本就沒炸中，也許它受了點傷，但是絕對跑掉了。」保羅説道，「沒關係，我一會整理它的運行軌跡，我先去看看那些土都堆在哪裏。」

保羅説着就跑掉了。南森則拿出了裝魔瓶，向前面的

陷阱走去，他在陷阱前五米處停下，把裝魔瓶的瓶口對着
陷阱，陷阱裏的毒煙依舊在翻滾着。

　　「毒煙進來。」南森唸了一句魔法口訣。

　　陷阱裏的毒煙立即升騰，並匯聚起來，最前端的煙柱大概只有鉛筆般粗細，煙柱飛進了裝魔瓶的瓶口，大概過了一分鐘，毒煙被南森收進了裝魔瓶裏。

　　保羅已經從不遠處跑了回來，看到南森收起了裝魔瓶，保羅仰着頭。

　　「博士，我找到了，吸血鬼把挖出來的土堆在那邊的幾棵樹後，靠着公園的柵欄。」

　　「好的，明天早上通知公園管理處，把土填回去。」南森點點頭，「毒煙收起來了，不會毒害人了，把土填回去，遊客也不會掉進去了。現在，我們要進行重要工作了，老伙計，你要把魔怪的運行軌跡畫出來呀。」

　　「那樣就能知道它的去向了。」一直跟在南森身邊的派恩興奮地説。

　　「我知道，其實我的系統已經開始運算了，但是這要有個時間，我要先收集附近所有幽靈雷達的有效搜索信號才能進行資料整理……」保羅解釋地説。

　　「老伙計，你繼續整理。不過這裏應該沒有什麼問題了，我們現在就回曼琪公寓，我還真是有點擔心那邊，不要出了什麼狀況。」

第九章　搜索大樓

南森他們很快就回到了曼琪公寓，一進門，就看見特德手持棒球棍，一臉緊張地守在門口。

「特德，放鬆，請放鬆。」南森看着特德的樣子，感覺想笑，但又笑不出來，「不要緊張。」

「可是我無法放鬆，你説那個傢伙又出現了，是抓住它了嗎？」特德着急地問。

「沒那麼簡單，我們還在搜索他。」南森搖了搖頭説，「現在我們回來了，你別緊張了，剛才這裏還好吧？」

「好像沒什麼事發生，我是説我的感覺。」特德很是嚴謹地説。

派恩去了二樓，找到兩個值班的魔法師，告訴他們剛才發生的事情。兩個魔法師説南森他們出大樓前，他們也發現一個魔怪信號在幽靈雷達熒幕上閃了一下，而南森他們回來前，那個魔怪信號又在大樓附近閃了一下，隨後就不見了。他們剛才還下樓用幽靈雷達探測了一下，但是什麼都沒有發現，就回到了二樓，除此之外，再沒有任何的

異常。

「我們出去前，魔法師們發現的信號應該和保羅發現的一樣，都是吸血鬼在附近，我們回來前這裏又有了一個信號，難道吸血鬼又跑到這附近了嗎？」健身房裏，南森聽完派恩的彙報，疑惑起來，「可是魔法師用幽靈雷達搜索過了，什麼都沒有找到。」

「對，搜索過了。」派恩點點頭，「博士，我感覺是那個吸血鬼沒有害怕我們，又跑到這附近了。」

「等着老伙計的資料整理吧。」南森心情有些複雜地說。

保羅一回來，就爬在一邊，它身體裏的魔怪預警系統在高速地運轉，整理資料，畫出那個吸血鬼的運行軌跡。

派恩走到了保羅身邊，乾脆坐在地上，等着資料的整理完畢。保羅很是平靜，誰也不看，它的身體微微發熱，那是計算系統高速運轉的原因。

「博士，有了。」保羅突然站了起來，有些興奮，「魔怪出現後的運行軌跡先算出來了，一共有六台幽靈雷達向我提供了有效信號反應⋯⋯」

保羅説着，後背上彈出一塊電腦熒幕，南森和派恩立即彎下身子，看着那塊螢幕，螢幕上，有一張地圖座標，標示着曼琪公寓和街心公園的位置，還有一道幾乎筆直的

98

白色的線，這條線就是吸血鬼出現時候的運行軌跡。

「然後是……」保羅説着看了看南森，他的表情很是奇怪。

電腦熒幕上，又出現了一條白色的線，這條線一開始向北，然後繞了一個圈，繞到了公園的南部，隨即幾乎和第一條線重疊，最後消失在了曼琪公寓。

「吸血鬼在大樓裏。」保羅一字一句地説。

現場的氣氛立即緊張起來，南森緊緊地皺着眉，看着電腦熒幕，派恩也看着電腦熒幕，他握着拳頭，呼吸開始變得急促。

「剛才吸血鬼被我炸了以後，向北飛行的，這我都看見了。」保羅焦急地分析，「它逃走的路線有七台幽靈雷達向我提供資料，它就是繞了一個圈，然後原路返回了，它回來的地方，就是這個大樓，可是……可是我也在這個大樓，我就是搜不到它的魔怪反應呀。」

「博士，我的幽靈雷達也沒有任何魔怪反應。」派恩着急地説，「博士，難道這幾天我們一直和魔怪在一個大樓裏？」

「系統和資料沒有問題吧？」南森突然問道。

「絕對沒問題，好幾台幽靈雷達向我提供資料，即使有一台出現故障，最後畫出的軌跡根本連不成線，而我最

後畫出了一條完整的軌跡線呀。」

「明白。」南森先是低下頭，幾秒鐘後抬起來，「現在開始，聯合樓上的四個魔法師，把這個大樓仔細地搜一遍，幽靈雷達要貼着牆壁搜。」

「博士，你懷疑它躲在牆壁裏？」海倫問。

「吸血鬼不被邀請，進不到人的家中，不排除有人把它帶進家，故意的或是被它利用。另外，還是原來的觀點，即使它被帶進人家，一定也有某種器具能幫它遮罩掉搜索信號，否則躲進住戶家也早就被發現了。」

大家立即展開了行動，派恩拿着一台幽靈雷達守在大門外，防止吸血鬼被搜出來後逃走，南森帶着保羅，和另外四名魔法師，從大樓的頂樓開始，一層一層地開始搜索。頂樓只有一個鍋爐房，比較好搜索，他們搜索完畢後下到十二樓，這裏是大樓最高一層，目前沒有任何人住在裏面，他們沒有放過任何一個角落，四個魔法師的幽靈雷達，緊貼着牆壁，一個區域一個區域地梳理。

保羅把魔怪預警系統的搜索功能力度調到最大，走在樓層走廊裏。它相信自己的預警系統沒有任何問題，但是就是找不到任何魔怪反應。他們每搜一個樓層，就要花費將近半個多小時的時間，一直到早上八點，他們搜到了地庫一樓。

地庫一樓沒有任何住戶，只有幾間功能性房間，不過他們仍然很仔細，也顧不得疲憊。

四個魔法師沿着走廊的牆壁搜索，南森帶着保羅走進去，準備在每個房間進行搜索。

一陣說話聲從舊物回收房傳來，南森和保羅互相看了看，他們走進了回收房。

儲藏室裏，清潔員朵拉坐在一把舊椅子上看手機，手機裏播放着電視節目，她看得津津有味，都不知道南森他們走進來了。

「在看手機呢。」南森隨口說。

朵拉這才發現南森，她很是尷尬地收起手機，放進口袋，並且站了起來。

「我……現在剛上班幾分鐘，也沒有什麼事，過一會我再去把樓梯擦一遍。」

「沒事，沒事。」南森擺了擺手，「我不是你們的經理，我可不管這些事……噢，這裏風有些大。」

南森說着看了看回收房的房間，由於是在地下層，回收房的窗戶在頂部，窗戶底部和地面平行，一股風從窗戶吹進來，因為窗戶是開着的，窗外有幾根鐵柵欄，有一根鐵柵欄還是斷了的，斷掉的那根也沒人補上。

「啊，是，這個房間一般沒有人來，風大點就大點

這房間有什麼奇怪的
地方呢？

吧。」朵拉説道，「你要是在這個房間，可以把窗戶關上……我去忙了。」

朵拉説着，急匆匆地走了。南森有些不好意思地看着朵拉的背影，他的確不會去管這種上班時間看手機的事，他和保羅是來搜索房間的。

回收房裏，堆滿了舊家具和舊電器，大都是家具，保羅在家具中鑽來鑽去，還鑽到一個大沙發下去，他從沙發下鑽出來，抖了抖身體。

「沒有呀，這個房間裏什麼都沒有呀，我們換下一個房間吧。」

南森正在一件高大的衣櫥前，把每一層的抽屜拉出來看。保羅走了過去。

「啊，這個衣櫥真是漂亮呀，這就是人們説的維多利亞風格吧？」

「真的是維多利亞風格，不過屬於維多利亞晚期風格，刻花已經不那麼繁瑣了，這家具距今也將近三百年，也算很古老了。」南森説着關閉上最後一個抽屜。

「抽屜裏沒有魔怪吧。」保羅説，「三百年，我看那個魔怪大概也有三百歲了，不過還在演化中……」

「你能具體測算出來？」南森問，「你好像沒説過。」

　　「只是推斷，所以沒說。」保羅說着向外走去，「接觸少，資料少，只能很粗略地推斷。」

　　南森和保羅出了舊物房，來到一號儲藏室，開始搜索。這裏有很多箱子，裏面都是清潔用品，房間裏很簡單，搜查起來也很快。

　　不用十幾分鐘，他們只剩下健身房沒有找了，那是他們辦公、休息的地方，不過要全面查找，還是要去裏面搜索一下，當然保羅絕對不相信那裏會藏着吸血鬼。

　　「其實可以不找了，天天待在裏面，吸血鬼再有手段，也不敢藏在裏面。」保羅邊走邊說。

　　健身房裏，有說話聲傳來，派恩一個人守在大門口，應該不是他。南森推開門，只見海倫和本傑明站在裏面，看見南森進來，兩人都非常高興。

　　「博士，本傑明和海倫前來報到。」本傑明迎上來，隨後立正敬禮。

　　「你們都好了？」南森連忙問。

　　「完全好了。」本傑明說，隨後他壓低聲音，「就是眉毛還沒有長出來，不過用了你的辦法，派恩沒看出來……」

　　說着，本傑明得意地笑了起來。

　　「本傑明，還在那裏笑呢，告訴你，吸血鬼就在這個

大樓裏，怎麼也找不到。」保羅抬頭看着本傑明，無可奈何地説。

「啊？就在大樓裏嗎？剛才進來的時候，派恩和我們説了幾句，到底發生了什麼？」本傑明連忙問。

保羅把昨晚發生的事詳細地告訴了本傑明和海倫，他們知道搜索這座大樓毫無發現都很吃驚。這時，有個魔法師走進來，告訴南森整個地庫一樓已經搜索了一遍，還是沒有發現任何魔怪反應。

南森讓魔法師們都上樓休息，樓上有個空房間，魔法師們就在那裏值班。海倫看到南森也有些疲態。

「博士，我看只能先這樣了，你和派恩也休息一會，我和本傑明再去把大樓搜索一遍。」海倫説道，「真是奇怪，吸血鬼藏在哪裏了呢？」

「就在大樓裏呀，只是找不到。」本傑明聳了聳肩。

「吸血鬼會不會從開始就藏在這個大樓裏呢？它在這裏進行演化……」海倫疑惑地説。

「不可能，完全不可能。」本傑明有些激烈地搖了搖頭，「吸血鬼那樣子也有個幾百年呢，要是在這裏，早就作案了，根本不用等到前些天才作案，我覺得它是外來的，也不知道通過哪種方式進到大樓裏。」

「嗯，你説的應該是對的。」海倫點點頭，「啊，博

士，你們先休息一會吧，我去把派恩叫回來……」

　　派恩回到了健身房，他一夜未睡，的確很疲憊了。南森和派恩在健身房裏休息，海倫和本傑明、保羅，來到了大樓的頂樓，他們準備把大樓再搜一遍。

　　「我倒是不會累，我也願意和你們再搜一遍，但是我覺得沒什麼效果。」保羅在樓頂上説，「找不到就是找不到，博士説它有某種可以遮罩搜索信號的工具。」

　　「博士説的應該沒錯。」本傑明看着遠處的景色，「但是我們不能什麼動作都沒有呀，這個城市，這個大樓裏，不能藏着一個魔怪。」

　　「那就從樓頂開始吧。」海倫用手裏的幽靈雷達照了照四周，「只有個鍋爐房，這一層好找……」

第十章　古物公司的卡車

海倫和本傑明的搜索，也是徒勞無功。他們下到地庫一樓的時候，已經是下午一點多了。南森和派恩已經醒了，托尼克送來了午餐，他們一起吃了午餐，南森叫小助手們在健身房裏，隨後看了看保羅。

「老伙計，我們去外面，圍着大樓轉一轉，我想我們要……開拓一下思路。」南森說着指了指頭。

海倫他們留了在健身房裏。南森和保羅上到大樓的一層，今天值班的托尼克很有禮貌地幫他們拉開了門，南森和保羅來到了大樓外。

「走一走吧。」南森先是站在門口，回望着大樓，隨後向前邁步，「老伙計，也許那個吸血鬼正在樓裏哪個地方看着我們呢。」

「無所謂，愛怎麼看就怎麼看。」保羅跟着南森向前走去，「早晚把它給挖出來。」

他倆繞着大樓走，來到了大樓的後門，他倆說着話，在後門那裏放慢了腳步。這時，四個和本傑明一樣年紀的孩子踢着一個足球，打鬧着從他倆身後走過來。

　　南森和保羅向路邊站了站，給這四個孩子讓路，為首的一個孩子一邊走，一邊踢着那個足球，他把足球踢向大樓的牆壁，足球反彈回來後，他又是一腳。

　　足球向地面上露出的窗戶飛去，那是舊物回收房的窗戶，窗戶外有幾根鐵柵欄，有一根鐵柵欄斷了，露出的間隙很大。

　　「嘭——」的一聲，足球打在鐵柵欄上，彈了回來。

　　「嗨，尼爾，差點把球踢進去呢。」一個孩子追上來，對為首的那個孩子說，「小心點。」

　　「沒事，鐵柵欄擋着呢，足球這麼大，踢不進去。」叫尼爾的孩子說。

　　「踢進去你可就要去求人家把足球還給我們了。」追趕上來的孩子說。

　　幾個孩子嘻笑着，向前走了。

　　南森站在了那裏，看着鐵柵欄。

　　「真是危險呢，要是把球反彈到街上，街上可都是車。」保羅埋怨地說。

　　「老伙計，今天本傑明說，他確信吸血鬼是外來的，對吧？」南森忽然問道，他的眼睛一直看着鐵柵欄。

　　「是的，剛才說的。」保羅點點頭。

　　「你早上的時候說，那個吸血鬼大概有三百歲了。」

鐵柵欄之下，正正是舊物回收房。南森得到什麼啟示呢？

南森又問。

「對呀。」保羅有些詫異地看着南森。

「這是舊物回收房的窗戶，裏面的家具，很多都是舊家具……」南森緊緊地皺着眉，「前些天，有個回收舊家具的卡車在這個地方，也就是後門這裏翻側了，車廂裏有東西甩了出來……你看，後門旁邊兩米就是那個回收房的窗戶，緊貼着地面的窗戶……」

「是呀，怎麼了？」保羅望着不遠處的回收房窗戶，一臉的不解。

「舊物、有很大縫隙的窗戶、翻側的汽車、汽車也是收舊家具的，而且已經收了一些，在這裏翻側後收到的東西都甩了出來。」南森有些激動，「老伙計，我似乎找到些什麼了，我們馬上回去，翻看錄影。」

說着，南森指了指後門上安裝的一個監控錄影鏡頭。

「看錄影？」保羅問。

「對，看翻車的錄影。」南森點點頭，轉身向回走去，「給海倫他們打電話，叫他們來保安員監控室。」

南森和一臉疑惑的保羅一起回了大樓，托尼克又很有禮貌地拉開了門。

「托尼克，前些天有輛古董公司回收舊家具的卡車在大樓後門翻車了，對吧？」南森急着問道。

110

「是的，那天是我值班。」托尼克説。

「我想看看當時的監控錄影。」南森説。

「沒問題。」托尼克點點頭，「跟我來吧，我去給你調出來。」

南森和保羅跟着托尼克向保安員監控室走去，這時，海倫他們也都跑上了一樓。

「博士有重大發現，要看監控錄影。」保羅對海倫他們招了招手。

大家進了監控室，這裏有幾台監視器，分別顯示前後門以及大樓側面窗戶位置區域的即時景象，同時監視器也有錄影功能，能夠回看過去一年內任何一個時段的錄影。

「是那天卡車翻車的錄影嗎？稍等一下。」托尼克坐到了監控台前，開始調試一台監控器的操作鍵盤。

「吸血鬼是外來的。」南森對幾個小助手説道。

小助手們瞪大眼睛看着南森，都不是很明白他説的是什麼。

「好了，有了，你們看吧。」托尼克説着站起來，把位子讓給了南森，「快進、暫停和倒退都可以用滑鼠操控……」

南森坐在了監控器前，開始看錄影。監視器上，一輛車身上印着「勒凡特古物公司」字樣的汽車，飛快地在未

鏟乾淨雪的道路上轉彎，隨後就發生了翻側，翻側的地點正是曼琪公寓大樓的後門位置，這輛車有個寬大的敞開式後車廂，車廂裏的家具全都甩了出去，一片狼藉。翻車半分鐘後，車門被推開，司機爬了出來，周圍也有幾個路人過來救援。

南森看了一遍，隨後把畫面倒回去，又看了一遍。隨後，南森採用快進，在事故處理完畢後，有人開始打掃事故現場的畫面停下。

「翻倒的家具，被誰收走了？」南森回頭看了看托尼克，問道。

「交通警找了一輛貨運卡車，把那些家具搬走，送到古董公司了。出事故的車被拖車拖走了。」托尼克說。

「知道了，現在大家要注意這一段畫面。」南森說着又開始調試監控畫面。

監控畫面倒回了翻車時的場景，南森把畫面放慢，指着監控器。

「你們看，這裏，卡車翻車的時候，家具都甩了出來，這個東西，應該是一個盒子，甩進了舊物回收房的窗戶，那個窗戶壞了一根欄杆，這個盒子正好從那個位置鑽了進去。」

畫面上，大家確實看到，有個盒子一樣的東西進了窗戶，是甩出車廂後沿着地面飛進去的，而舊物回收房在地庫一樓，窗戶正好貼着地面。

「你們再看，清掃事故現場的人不知道有個盒子飛進了窗戶，所以只是把地上那些散落的家具搬上車，拖走了。」南森又把監控調到後面，繼續說道。

「這個盒子……」本傑明看上去似懂非懂，他進一步問道。

「這些都是古董家具，吸血鬼也有三百歲了，這個盒子飛進去沒有被送出來，舊物回收房本身就是回收舊家具的，那輛出事故的卡車也是古董公司來收舊家具的。」南

113

森看着大家，「盒子飛進回收房，清潔員根本不會注意，以為是自己大樓回收的東西掉在地上，而這個老舊的盒子飛進大樓兩天後電梯就出事了，這裏面一定有關聯。」

「這個盒子……」本傑明用力地皺着眉，「我第一次來的時候，就去搜索過回收房，我看到過這個盒子，就放在一個櫃子上……」

「我也看見過，早上看到的，還在櫃子上呢。」保羅晃着頭，「我們早上也搜過那裏。」

「找到那個盒子，打開就知道怎麼回事了。」南森説着站了起來，「盒子應該可以遮罩搜索信號。」

「走呀，抓吸血鬼。」派恩叫了起來。激動地要往外走，「我們居然和吸血鬼一直待在一個大樓裏……」

「等一下。」南森擺擺手，「你們在我周圍，海倫和本傑明守住窗戶，派恩和保羅守住門，我去拿盒子，拿到盒子後，我去外面打開，吸血鬼如果在裏面，光亮不直接殺死它，也能毀掉它大部分魔性。」

南森他們出了監控室，托尼克也要跟來，被南森勸阻住。他們匆匆地來到地庫一樓，舊物回收房斜對着健身房，他們緊張地來到回收房門口，全都做好了戰鬥準備。

門口，南森看看幾個小助手，大家相互點點頭，南森猛地推開了門。

門裏，有個人正在走出來，南森隨即做了一個應戰的動作，但是仔細一看，原來是大樓的清潔員朵拉，朵拉拿着一把掃帚，看到南森猛地進來，也吃了一驚。

舊物回收房裏，空無一物。

「那些家具呢？」南森急着問，幾個小助手也走了進來，看着空蕩蕩的房間。

「收走了，剛收走的，古董公司定期回收呀。」朵拉説，「十多分鐘前走的，我打開後門的。」

「去哪裏了？」南森又問，「是勒凡特古物公司嗎？」

「是勒凡特古物公司，聽搬貨的人説我們是最後一家，他們直接開回公司了。」朵拉看着南森急促、嚴肅的表情，很是不解。

「老伙計，馬上查勒凡特古物公司的地址，算出這裏開過去最佳路線，我們去追。」南森轉頭看看保羅。

「沃森路192號，在西南郊，離這裏不近呢。」保羅已經查找出了地址，飛快地説。

「朵拉，那輛車什麼樣？」南森問。

「伏德牌卡車，紅色的車身，敞開的車廂，車廂上有公司的名字……」朵拉連忙説。

「好，謝謝。」

南森立即向外走去，小助手們連忙跟上，南森的老爺車就停在大樓旁邊，他們鑽進汽車，南森開車上了路。

保羅算出了這裏去沃森路勒凡特古物公司的最佳路線，南森判斷這也是帶走家具的卡車的回程路線，那輛車已經開出去十多分鐘了。

「聽着，盒子裏如果真的藏着吸血鬼，它並不知道我們發現了它的秘密，所以不會很警覺。而我也不想在市中心就追上那輛車抓吸血鬼，對市民來説太危險了。」南森邊開車邊説。

「那個公司正好在郊外。」海倫説道。

「對，那個地區人很少。」南森看着前面的路説，街面上，汽車和行人都不少，「我們在郊外動手，但是也要快，否則吸血鬼又有可能鑽出來。儘管是白天，但是它到了室內，就不懼怕光線了。」

「對，要快，我覺得盒子裏的一定是吸血鬼。」本傑明伸頭看着前面的車，想找那輛收家具的車，「是一輛卡車，卡車上有舊家具。」

南森一直開了十多公里，並沒有追上那輛車，也許走的路線不一樣。南森説如果追不上，到了那家公司也就能找到盒子的下落，此時他們已經開到了倫敦的西南郊。

「這裏就是沃森路了，再開五公里就是勒凡特古物公

司了。」本傑明看着路邊的道路牌説，「這條路上倒是沒什麼車呀。」

「前面有輛紅色卡車，伏德牌的。」海倫坐在副駕駛位，激動地大喊。

「應該就是，我們超過去，看看車身上的字。」南森説着開始提速。

南森他們的車加速超過了卡車，經過卡車的時候，他們看到了車身上寫着的「勒凡特古物公司」的文字。南森把車開到了卡車前面。

「就在這裏吧，如果到了他們公司，公司裏一定也有很多員工，這附近沒有人也沒有車。」南森看着兩邊環境説，「本傑明，派恩，給司機發信號，叫他停下來。」

南森説着把車開到了卡車前，距離卡車二十米，隨即開始減速，壓制住了卡車。派恩和本傑明把身子探出車廂，拼命地擺手，做出讓司機停車的動作，他們沒有喊叫，怕被車廂裏的吸血鬼聽見。

卡車的司機身邊還坐着兩個搬貨的人，他們看到了本傑明和派恩的動作，都很奇怪，不過司機意識到了什麼，南森又用自己的車壓在卡車前，並不斷減速。卡車司機慢慢地把車停在了路邊。

道路左邊，是一片開闊地，右側是一片樹林。南森看

到卡車停下，連忙剎住了車。車剛停穩，海倫就從車上跳了下去，保羅跟着她，一直跑到卡車前。

卡車司機和兩個搬貨的人也都下了車，卡車司機很不高興地大聲詢問，海倫做了一個噤聲的動作。

「我們是魔幻偵探所的魔法偵探，車上有問題，你們在這裏不要動……」

這時，南森也和本傑明、派恩趕了過來。南森對司機和另外兩個人擺擺手，司機認出了南森，很是配合地站在了一邊。

「你們剛才在曼琪公寓搬家具，是不是搬上來一個盒子，大概有手臂那麼長，一個手掌寬。」南森拉住一個搬貨的人，小聲地問。

「是呀，就在後車廂裏，靠後，是個木盒子，我放在車廂地板上了。」那人説道。

「本傑明，派恩，你們各守車廂一側。」南森説道，「老伙計，你去車廂後門，海倫和我上去。」

大家立即行動，看到本傑明他們守在了車廂兩側和後門，南森對海倫點點頭，兩人縱身一躍，扒住了車廂，隨後翻倒了車廂裏。

車廂裏，全都是家具，但是還有些間隙空間，南森站在一個矮小的櫃子上，看着車廂裏的情況，他把頭探出一

個高大的櫃子，果然發現車廂後面的地板上，有一個小木
盒子。

　　海倫也看到了小木盒子，兩人一起向車廂後部走去。

　　南森和海倫一起站了在那個小盒子前一米處，南森伸
手就去抓那個盒子，他想按住盒子的蓋子，然後把盒子拿
到空地上打開，讓光線直接照射進盒子。在他的手就要抓
到盒子的時候，那個盒子突然高高躍起，盒子四面噴出煙
柱，隨後開始在半空中翻轉起來。

盒子突然躍起，魔物真的
藏在其中？

第十一章　身世

南森和海倫頓時一愣，盒子在空中翻滾着，隨即突然向樹林方向飛行，距離地面有五米多高，不過由於是個飛行的盒子，速度不是那麼快。

守在靠近樹林一側車廂的是本傑明，他看到盒子飛向樹林，急得緊追兩步，隨即跳躍起來，但是沒有抓到盒子。

「本傑明——伏下——」保羅大喊一聲。

本傑明趴在地上，一枚追妖導彈呼嘯着飛了過來，追妖導彈是保羅發射的，盒子在半空中急速飛行，追妖導彈緊緊追趕，盒子飛進樹林十幾米後，追妖導彈追了上來，「轟——」的一聲巨響，導彈在盒子後五米的位置爆炸了，那個盒子頓時被炸得高高彈起，最後撞在一棵大樹的樹幹上，掉落在地上，這個盒子看起來很是結實。

掉在地上的盒子，又噴出兩股煙霧，但是這兩股煙霧很短，也就一枝鉛筆長，而且明顯沒有力道。盒子上也紮着幾塊彈片，那個盒子在地上憑着兩股很弱的煙霧，勉強地翻滾了幾下，隨後落地，在地上扭動了兩下，不再動

了。

南森和幾個小助手一起追過來，保羅跑得最快，上去一下就按住了盒子的蓋子。樹林裏比較陰暗，到處是斷枝。

南森他們也圍了上來，派恩過去和保羅一起按住盒子。

「拿好了，我們到樹林外去打開盒蓋，光線能直接殺死它。」本傑明在一邊提議。

「不要——不要——求你們了——」盒子裏傳來吸血鬼的聲音，「我不該陷害你們——」

南森走過去，拉開了保羅和派恩，他的手按在盒子上，看了看幾個小助手。

「在這裏打開盒蓋，這個樹林只有這麼大，它出來飛出去就直接被光線殺死，就是在樹林裏也有光線的，它的能量最多達到黑暗時的百分之十，會被我們輕易擊落。」

「不要打開呀——不要呀——」吸血鬼在盒子裏聽到了南森的話，大喊起來。

南森打開了盒蓋，裏面頓時傳來一聲慘叫，一股煙霧慢慢升起，吸血鬼的臉在煙霧中若隱若現。

「成形——」南森手指着煙霧，唸了句魔法口訣。

煙霧頓時聚集起來，並且形成一個人形，這就是吸血

鬼，它剛剛成形就癱軟在地上，用手抓擋着眼睛，非常畏光，渾身瑟瑟發抖。樹林中雖然昏暗，但是也是有光亮照射進來的。

南森沒有審問吸血鬼，而是拿過來盒子，捧在手裏仔細地看着。只見盒子的內層，塗着一層銀白色的東西，微微地閃亮。

「這層物質，是魔怪遮罩探測設備的消散塗層，探測信號穿過木頭後，就被這個塗層全部分解了，所以探測不到裏面。」南森説着把木盒子拿給了海倫，「這個塗層要好好分析成分構成，今後要找到破解手段，我們也要好好了解一下魔怪的這種手段。」

海倫接過盒子，認真地看着。派恩看了看那些塗層，轉頭看着吸血鬼，吸血鬼還在微微發抖。

「你叫什麼？」派恩問道。

「丹特。」吸血鬼小聲地説，「啊，求你們，不要把我放到空地上。」

「丹特，現在我們就開始吧，把你的所作所為都説出來，」南森説道，「不要隱瞞，很多事我們只是核實，你不説不代表我們不知道，就像你沒有説自己藏在這個盒子裏，但是我們也知道了。」

「我説，我都説。」丹特連忙説。

「你剛才是不是在盒子裏看到我們了，這才飛起來逃走的？」南森先問了一個問題。

「是的。我使用法術能看見盒子外面的情況，通常我也不看盒子外面，因為消耗魔力。剛才車突然停下來，我好像聽到司機在問你們是誰，我就有點害怕了，就開始往外面看，發現你們來抓我，就操縱盒子逃走。」丹特很是順從地解釋了很多。

「你能操縱盒子飛行，為什麼早些時間不飛走？」海倫突然問道。

「只有一點點距離，我魔力很有限，在盒子裏急着逃走飛半公里就飛不動了。」丹特說着還有些尷尬地笑笑。

「丹特，現在說說你的身世吧。」南森把話轉入了正題，也就是他最想知道的，「你以前是什麼身分，怎麼變成吸血鬼的？或者說什麼時候開始演化成吸血鬼的？雖然我知道你根本就沒有完成演化。」

「我……我以前就是個怨靈，我的墳墓也沒有了，我就在森林裏飄，那是……大概三百年前，我比現在更弱。」丹特說着用外衣的寬大衣袖擋着頭，「後來，過了大概一百年，我遇到一個巫師，他收留了我，他說把我養成形，能幫他做事。他給我弄來人血喝，我就漸漸成了形，我變成了一個吸血鬼的雛形，還不是真正的吸血鬼。

124

巫師説我還要喝很多人血才能變成真正的吸血鬼，他只能一點點幫我搞到。他讓我住進這個盒子裏，盒子能很好地保護我，魔法師的任何探測手段都不能穿透保護層，可是後來、後來……」

「怎麼了？」海倫急忙問。

「巫師突然被魔法師殺死了，我就只能住在那個盒子裏，慢慢地演化，我弄不到人血，偶爾殺死一、兩隻動物喝血，演化速度很慢。那個巫師住在一個木屋裏，他沒有後代，只有親戚，他死了以後，那個木屋根本就沒人去。」丹特繼續説道，「繼承權落在他的一個親戚那裏，這個親戚的後代，前些天突然來了，他把屋子裏的家具都賣給了勒凡特古物公司，裝着我的那個盒子有三百年了，是個古董盒子，被一起賣給了勒凡特古物公司。裝貨後汽車開進倫敦，後來車翻了，我隨着盒子掉進了一個地下室，就是曼琪公寓的地下室，裏面也都是老家具。」

小助手們都用敬佩的目光看着南森，南森則很是平靜。他看了看吸血鬼。

「那個巫師的木屋在什麼地方？」

「肖恩地區，在倫敦的東郊。」

「有個問題，你到了曼琪公寓後，從盒子裏鑽出來，然後去害人，對吧？」

「是的。」

「好，這個一會再説，我想知道你在巫師那裏，自從巫師死後到目前這段時間也有一百多年了吧，你沒有出去害人嗎？你很老實地藏在盒子裏嗎？為什麼？」

「我……你要是去看看那個屋子就明白了，沼澤上的一個破木屋，周圍幾公里內沒有一戶人家，而我的行動能力有限，白天不能動，我怕光。晚上移動一次耗費很多魔力，每移動一公里就要長時間休息，來積蓄魔力，所以我根本沒條件去害人，吃掉的動物也都是自己跑到木屋附近的動物。」吸血鬼偷偷看看南森，「我其實也想吸人血的。」

「所以你到了曼琪公寓後，發覺身邊有人類，就開始動手了。」南森點着頭説，「你在電梯裏先害死一個人，然後又害另一個人。」

吸血鬼沒説話，只是點點頭。

「你是怎麼了解這些現代設備的，你那個時代沒有電梯，而且你是被一直隔絕在木屋裏的？」派恩問了一個問題。

「我……再怎麼説，我也是個鬼呀，這點事我一看就明白了，我也不是去了那個公寓第一天就動手，我也是觀察了兩天的。」

127

　　「你在曼琪公寓第一次作案，是想製造電梯墜落的假像，騙過人類，對嗎？」南森繼續問道，「你用了什麼手段？」

　　「我、我就是想製造電梯墜落的假像，我用魔力擾亂了電路，這點魔力我還是有的。電路失靈後，電梯就急速下墜了，裏面那個人真的是摔死的，不是我殺死的，其實我的攻擊力有限。她摔死後，血流了出來，我就喝了她流在外面的血。」丹特趴了在地上，用力捂着頭。

　　「身體裏的血呢？」南森抬頭看看，發現樹林裏的光線比剛才強了一些，也許是天空中的雲飄走了的原因。

　　「我連牙都沒有，我沒那個能力，我只能喝一些流在外面的血，還不能全部喝光，一點血跡都沒有，會被你們立即發現問題。」

　　「我們已經發現問題了。」南森冷笑起來，「那麼第二宗呢？你怎麼沒有繼續製造成電梯墜落，而是衝進電梯去行兇呢？」

　　「我那天看到有人進電梯了，我先隱身，在電梯外面試了好幾次，我的魔力有限吧，這次不行了，電梯沒有墜落，我僅僅能停下了電梯。我就直接衝進電梯，我想殺了那人吸血，我實在控制不住了，因為前一次我已經喝到人血了，我要演化成真正的吸血鬼，必須要喝人血。」吸血

鬼丹特語速比較急促，「我、我確實魔力有限，我一時都沒有控制住那人，後來還進來一個孩子救她，還攻擊我，後來我知道了，那個孩子根本就是你們的魔法師。」

丹特說着看看派恩，派恩則對丹特揮揮拳頭。

「我當時還以為是個勇敢的鄰居孩子，所以後面我才敢又出來作案，我上你們的當了。」丹特轉過頭，繼續說。

「我們也上你的當了，你把我們引到利森公寓用火燒我們。」海倫很是憤怒地說道。

「我知道吸血鬼都有極強的報復心，所以你也不例外，你把我們吸引到利森公寓，用火燒我們，你是怎麼選擇那裏的？」南森嚴厲地問。

「沒有怎麼選擇，你們假扮住戶乘坐電梯，我鑽進電梯，想繼續作案，結果差點被你們抓住，我就飛進了附近的利森公寓躲了起來，那晚我根本就沒有回到盒子裏。」丹特說，「我心裏很氣呀，就想着報復，所以我先是故意引你們注意，又過了一個晚上就把你們引到了利森公寓的電梯裏，縱火的酒精是旁邊藥店搞到的……」

「有個關鍵問題，我們有幽靈雷達，我們就在曼琪公寓裏，怎麼你晚上出入大樓，我們都探測不到？」南森問，這也是南森最為關注的問題之一。

「很簡單呀，我進出盒子的時候，超級加速，這樣你們只能知道我到達了大樓附近，我鑽進盒子的軌跡由於速度太快，你們根本測不到，每次進出盒子我都這樣做，就是防備被追到盒子這裏。」丹特居然有些得意地說，「我魔力不夠，但是總要有彌補的手段，能遮罩搜索的盒子是一個，急速地進出盒子，也是一個。」

「你知道第一次報復只傷了我們兩個人，第二次實施報復後，你看到我們不再上當，為什麼還不遠走高飛？」南森瞪着吸血鬼問。

「我不能丟了盒子，那是我的護身法寶呀，我剛才說了，我在盒子裏操控它飛行，也就半公里，當然我如果在晚上夾着它跑，最多也就跑一公里就要休息很長時間，白天我可是不能跑的。曼琪公寓在市中心，我這模樣也不敢乘坐公車，我要跑很多天才能逃出去，而且損耗我很大魔力，反正你們也測不到我進出盒子，也不知道我在哪裏，我就等着勒凡特古物公司的車把我送走呢，這樣我直接就到了郊外了。」吸血鬼似乎越說越得意了。

「你怎麼知道勒凡特公司在郊外，萬一也在市中心呢？」本傑明急着問。

「你看看樹林外那輛車，勒凡特公司的地址不就印在公司名下面嗎？只不過字小了一些，對倫敦我還是很了解

的。」

「啊？」本傑明一愣，「我還真沒注意。」

「我想我沒有什麼要問的了。」南森說着看看幾個小助手，「你們呢？」

小助手們都搖搖頭。

吸血鬼忽然緊張起來，他看到南森拿出了一個瓶子，頓時開始激烈地顫抖。

「不要呀，魔法師，你不要……」

「頻繁作惡，殺害人類，重傷人類，你一定要被收進來的。」南森說着舉起了瓶子，瓶口對着吸血鬼，「裏面還有你陷害我們的毒氣呢，你都沒說你會製造出毒氣，現在正好你們聚在一起。」

吸血鬼大叫一聲，身體直直地飛起來，隨後變成一條線狀物，被裝魔瓶吸進了瓶子。

南森收起了瓶子，這時，旁邊有個影子一晃。

「誰──」本傑明警覺地一轉身。

「請問，南森先生。」卡車的司機走了過來，「我們可以走了嗎？到底發生了什麼事？」

「可以了，可以走了。」南森微微笑笑，「不過，這個盒子，我們要帶走……」

尾聲

南森他們處理好一切，要開車先回曼琪公寓，他們終於可以離開那裏了，不過有很多東西要帶回去，南森的筆記型電腦還放在健身房裏呢。

他們坐上了老爺車，海倫還是坐在前排，本傑明和派恩，保羅在後排。汽車剛剛開動，本傑明就伸了個懶腰。

「終於抓住它了。這些天我都沒休息好，真是很累呢。」

「那現在就睡一會吧，開到曼琪公寓要半個小時呢。」南森説道。

本傑明已經閉上眼睛，靠着椅子，開始休息了。不過派恩一直很興奮的樣子，坐在後面晃來晃去的，不時地把頭伸向前面，和海倫説話。

「我説，你小點聲，本傑明都睡着了。」海倫有些抱怨地説，「你怎麼這麼興奮呀。」

「當然了，抓到吸血鬼了呀。」派恩揮着手臂説，他轉頭看看本傑明，「本傑明就是懶，啊——本傑明的眉

毛——」

　　派恩驚叫起來，本傑明的一條眉毛，突然不見了。

　　「你叫什麼，吵醒我了。」本傑明被吵醒了，生氣地瞪着派恩。

　　「本傑明，你的眉毛。」派恩指着本傑明的臉，嘻笑起來，「少了一條。」

　　「啊？」本傑明立即摸了摸眉毛，隨後用手擋住了那條眉毛，「真的少了——派恩，轉過頭去，不要看——」

　　「本傑明呀，你睡覺的時候放鬆了，沒有變成自己。」海倫大聲地提醒着本傑明。

　　「什麼變成自己？」派恩不解地問。

　　「博士給本傑明出的主意，他只要用魔法變成自己，那條眉毛就回來了，等過一段時間眉毛自己長回來，他就不需要使用魔法了。」海倫搖着頭説，「派恩，還不是因為你，本傑明怕被你嘲笑，博士才給他出了這個主意的。」

　　「我……哪有……我……」派恩説着大笑起來，「沒錯，我真的想笑——」

　　「你這天下第一傻笑。」本傑明仰着頭，直直地看着派恩，「我就這樣了，你笑吧——」

「本傑明呀，你怎麼這麼不小心。」南森開着車，搖着頭，笑了起來。

　　麥克警長，蘇格蘭場（倫敦警察廳）高級督察，南森和警方的聯絡人，也是一名大偵探，屢破奇案。當然，他所偵辦的都是人類世界中的案件。一起來看看他偵辦過的案件，運用你的推理能力，想一想他是如何破案的呢？

珍稀郵票

　　一年一度的倫敦市世界郵票收藏大展如期舉辦，由於參加的人多，麥克警長也被派來維持展會秩序。

　　展會開始後第二天，麥克警長來到會場外的餐飲室，兩個男子拉住了麥克。

　　「警察先生，我叫布尼。看到那個背對着我們的人了嗎？他正在喝咖啡。」一根男子指着不遠處的一個人，「我剛才去買了一瓶飲料，提包就放在桌子上。回來的時候，我發現提包裏的一套郵票不見了，那是我剛才買的、很珍貴的『長頸鹿』郵票，這位先生看到那個人剛才在翻我的提包。」

「我叫詹姆士，我看見那人翻了布尼先生的包，好像拿走什麼東西。」叫詹姆士的男子説道。

「看清了嗎？拿走了郵票嗎？」麥克警長連忙問。

「確實沒看清。」詹姆士説，「感覺拿走了什麼東西。」

「沒有看清楚……萬一冤枉了人家，就不好了。」麥克想了想，「不過我們可以試一試他……郵票裝在那種塑膠卡套裏嗎？幾枚一套？」

「是裝在卡套裏的，比手機螢幕小些，郵票五枚一套。」布尼急忙説。

「去找一個卡套，然後這樣……」麥克小聲地説出自己的計劃。

一分鐘後，麥克站在男子的斜對面，距離他十米。而詹姆士和布尼則走到了男子的身邊。

「啊，布尼先生，這個『長頸鹿』郵票是你的吧？掉在地上了。」詹姆士把一個卡套拿給布尼，「可不要丟了，很珍貴的。」

「謝謝，是我的。」布尼連忙道謝。

這時，男子臉色一變，麥克看到他的手摸向了上衣口袋，隨後臉上出現很詫異的表情。

麥克走到男子身邊，盯着他。

「先生，你拿了人家一套郵票吧？人家說找到郵票，你怎麼摸自己的口袋？」麥克問道。

「怎麼了？我摸自己口袋不行嗎？」男子大聲地說，「再說我怎麼會拿人家郵票，我從不集郵，也完全不懂，我是路過進來喝點飲料的。」

「拿出來吧，七枚一套的『長頸鹿』郵票，你都給人家弄丟兩枚了……」麥克進一步說。

「『長頸鹿』郵票本來就五枚一套。」男子大叫起來。

「可以了，你在說謊。」麥克冷笑着，「快拿出來吧。」

郵票果然是男子偷走的，他一直盯着布尼呢。

請問，麥克為什麼說男子在說謊？

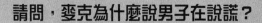

答案：男子說自己從不集郵，但竟準確說出『長頸鹿』郵票有幾枚一套，證明他在說謊。

下冊預告

魔幻偵探所51

賞鯨之旅竟然變成海上魔怪大搜捕？

南森和小助手們參加了豪華遊輪的賞鯨之旅，期盼能夠遠觀鯨魚暢遊。意想不到的是，他們竟目睹一條座頭鯨發狂地撞擊周圍船隻和襲擊遊人，而且保羅更判斷了它是魔怪！

魔幻偵探們今次面對潛藏海底的魔怪，海水既影響幽靈雷達的探測效能，猛烈的海浪亦令眾人難以靈活行動。他們會被大海或魔怪吞噬嗎？

魔幻偵探們即將接受更離奇的任務！

④ 古堡迷影

穿越到十一世紀的圖林根，解開古堡「魔鬼」之謎！究竟城堡裏發生了什麼事？

⑤ 石器時代的大將

穿越到新石器時代，追捕被通緝的「毒狼集團」成員，卻被一個騎着豬的大將捉住了⋯⋯

⑥ 龐貝古城行

穿越到公元前55年的斯塔比亞城，解救被「毒狼集團」綁架意大利投資家！

⑦ 百年戰場上的小傭兵

穿越到1415年法國阿金庫爾鎮東面的尚松森村，追捕「毒狼集團」意大利地區首領，卻被誤會為僱傭兵⋯⋯

⑧ 銅器時代登月計劃

穿越到銅器時代的一個地中海小島追捕「毒狼集團」成員，卻被村民綁了起來，用作試驗「登月計劃」！

⑨ 加勒比海盜大戰

穿越到十七世紀的加勒比海，追捕毒狼集團成員「加西亞」。怎料在路途中遇上海盜，一場加勒比海大戰一觸即發！

⑩ 與莎士比亞絕密緝凶

穿越到1577年的史特拉福鎮，緝拿毒狼集團成員「加雷斯」，拯救被挾持的少年莎士比亞！

⑪ 特洛伊攻城戰

最新出版

穿越到三千多年前的邁錫尼文明時期，追捕毒狼集團慣犯庫拉斯，竟陷入特洛伊戰爭的險境之中⋯⋯

各大書店有售！ 定價：HK$65/冊

暢銷書作家郭妮歷時十年之作，
首部機甲英雄科幻小說！
// 冒險故事 x 益智謎題 x 震撼視覺效果 //

星海　戰神
阿多拉基
ADOORAKI

在人類馳騁宇宙的未來，為對抗
邪惡的智能人的入侵，一些出色
的人類組成了「星海騎士」，駕
駛機甲，成為守護和平的英雄。

機甲英雄，
守護人類！

① 廢墟中的倖存者

宇宙曆 2072 年，夢想成為一名傳奇級機甲駕駛員的 12 歲少年沐恩意外遇見了一個從天而降的白色巨蛋。自此，他的生活不再平靜，命運將他捲入陰謀和戰鬥的旋渦中……

② 黑暗處閃光

為了修復小牛四號，沐恩跟着神秘的氣球人前往龍蛇混雜的月光街。究竟他能否成功修復呢？智能人帝國以高價懸賞陳嘉諾，沐恩和氣球人接二連三遭到追殺。到底隱藏在黑暗之中的智能人帝國，正在醞釀什麼陰謀？

③ 消失的羽翼

沐恩為了巨額報酬，到尼古拉黑湖尋找生命聖甲蟲，卻遇上襲擊！小牛四號為了保護沐恩，竟然自我犧牲！回來以後，沐恩的身體經常不受控制，他希望從氣球人小白雲那裏探聽原因，但小白雲竟然在他眼前消失……

④ 擁抱潮汐的海灣

經歷了一連串事件後，沐恩終於成功把小牛四號改造為「阿多拉基」，登上了銀翼聯盟挑戰賽星洲賽區的舞台！與此同時，利爪傭兵團按奧茲曼博士的指示，在逾越森林抓捕生化機械獸，獸潮一觸即發……

各大書店有售！　　定價：$68/冊

魔幻偵探所 50
電梯怪客

作　　者：關景峰
繪　　圖：陳焯嘉
責任編輯：黃楚雨
美術設計：李成宇
出　　版：新雅文化事業有限公司
　　　　　香港英皇道499號北角工業大廈18樓
　　　　　電話：（852）2138 7998
　　　　　傳真：（852）2597 4003
　　　　　網址：http://www.sunya.com.hk
　　　　　電郵：marketing@sunya.com.hk
發　　行：香港聯合書刊物流有限公司
　　　　　香港荃灣德士古道220-248號荃灣工業中心16樓
　　　　　電話：（852）2150 2100
　　　　　傳真：（852）2407 3062
　　　　　電郵：info@suplogistics.com.hk
印　　刷：中華商務彩色印刷有限公司
　　　　　香港新界大埔汀麗路36號
版　　次：二〇二二年三月初版

ISBN : 978-962-08-7939-5